Le Chevalier dans tous ses états

Textes traduits et adaptés
de l'ancien français par Gaëlle Brodhag

Dossier pédagogique de Gaëlle Brodhag
Agrégée de lettres classiques

Belin:
ÉDUCATION

Sommaire

Retenir l'essentiel

Prolonger la lecture

La société au Moyen Âge

Une société féodale

• **La société médiévale est très hiérarchisée.** Elle s'organise autour de **trois ordres : ceux qui prient (le clergé** qui organise la vie religieuse), **ceux qui font la guerre (la noblesse)** et **ceux qui travaillent (la majorité de la population** dans les campagnes et les villes).

• **La féodalité est un système politique, économique et social** fondé sur des **relations d'obligations réciproques.** Des seigneurs, **les vassaux**, dépendent de seigneurs plus puissants, **leurs suzerains**, qui les protègent. **Le roi** domine cette société.

La chevalerie

• **Née vers le xe siècle, la chevalerie est à l'origine une institution militaire** : les chevaliers sont des guerriers suffisamment fortunés pour posséder leur propre cheval et leur équipement.

• Le chevalier devient rapidement **une figure essentielle de la noblesse** : il prête serment à son suzerain , s'engageant à le servir et à faire la guerre avec lui.

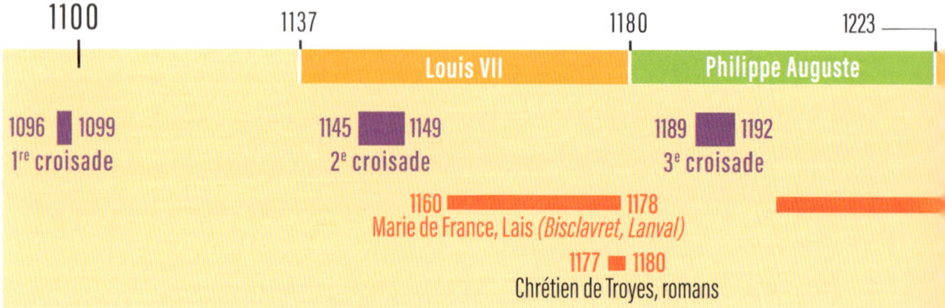

Miniature tirée du livre du *Régime des princes* de Gilles de Rome, XIIIe siècle, BnF, Paris.

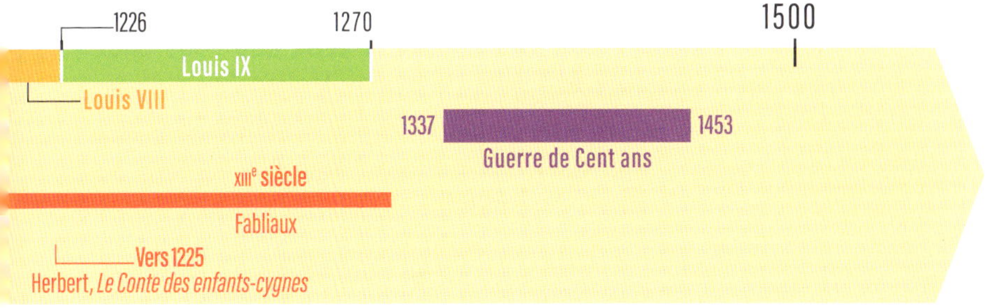

La littérature au Moyen Âge

Miniature tirée des *Cantigas de Santa Maria*, vers 1280, bibliothèque de l'Escurial.

La diffusion des œuvres

• Au Moyen Âge, les auteurs sont des membres de la noblesse et du clergé, mais aussi des **poètes professionnels**, appelés **trouvères** et **troubadours**, qui s'accompagnent de musique. Leurs œuvres se diffusent d'abord à **l'oral**, car la majorité de la population ne sait ni lire ni écrire.

• **Les livres sont des objets d'art extrêmement coûteux.** Les textes sont copiés à la main sur du parchemin et illustrés sous forme de **miniatures** ou de **lettres enluminées**.

En savoir plus sur le livre au Moyen Âge

Des formes courtes versifiées

Des **formes variées de récits brefs**, comme ceux que vous allez découvrir, se sont développées avec succès au Moyen Âge :

• **Les lais sont des récits merveilleux d'amour et d'aventures,** mêlant des **légendes celtiques et arthuriennes.** Ils mettent en scène la noblesse et reflètent les valeurs de la courtoisie.

• **Les contes** sont **des aventures merveilleuses** qui permettent d'apporter **un enseignement moral.**

• **Les** fabliaux **sont des récits comiques et parodiques**, qui se déroulent dans **un univers quotidien** où toutes les catégories sociales peuvent être ridiculisées.

Les récits et les auteurs de l'anthologie

• Les récits de cet ouvrage sont des **récits en vers** traduits et adaptés en prose. Ils ont été écrits en **langue romane**, c'est-à-dire en **ancien français**, qui se distinguait du latin, langue réservée aux écrits religieux et à d'autres œuvres littéraires.

• Les auteurs disent composer leurs récits à partir d'**une histoire qu'ils ont entendue ou lue** et qui a été leur **source**.

• On connaît le nom de certains **auteurs**, comme **Marie de France** (voir encadré ci-contre) ou **Herbert**, un trouvère du XIIIe siècle. Ce dernier a composé *Le Roman de Dolopathos* pour Louis, fils du roi Philippe Auguste. Dans ce roman, différents contes sont insérés et ont pour but d'apporter un enseignement moral. D'autres auteurs, comme **ceux des fabliaux**, sont restés **anonymes**, car leurs récits ont été racontés oralement avant d'être rassemblés dans des livres.

Auteur

Marie de France

(fin du XIIe siècle)

Marie de France est la **première femme écrivaine française**. Elle a vécu à la **cour du roi d'Angleterre** Henri II et de la reine Aliénor d'Aquitaine. Marie de France s'est illustrée dans deux grands genres littéraires : les **fables** et les **lais**.

Des chevaliers au combat

1. Miniature tirée du *Roman de Lancelot du Lac*, 1344, BnF, Paris.

2. Enluminure tirée du *Psautier de Gorleston*, vers 1310, The British Library, Londres.

Identifiez les caractéristiques du chevalier

1. Quels éléments vous permettent d'identifier les chevaliers sur ces images ?

2. Quel est l'adversaire du chevalier sur chacune des images ? Lequel de ces adversaires vous surprend ? Justifiez votre réponse.

3. Décrivez la posture du chevalier sur les deux images et expliquez ce qui les différencie.

À vous de jouer !

Mettez en scène un combat

Étape 1 Associez à chaque image les adjectifs qualifiant selon vous le mieux le chevalier.

Image 1 •	• craintif
	• glorieux
	• héroïque
Image 2 •	• humilié
	• puissant
	• ridicule

Étape 2 Imaginez, pour chaque image, les paroles que le chevalier pourrait adresser à son ennemi.

Étape 3 À votre tour, créez deux images mettant chacune en scène un chevalier combattant un animal ou un monstre de votre choix. Vos deux images doivent donner deux visions opposées du chevalier. Vous pouvez avoir recours au dessin, au collage ou au montage photo.

Lire les textes

Miniature tirée du *Codex Manesse*, XIVe siècle, bibliothèque de l'université de Heidelberg.

Bisclavret

Lai de Marie de France

Puisque je compose des lais, je ne veux pas oublier *Bisclavret*. Ce sont les Bretons qui le nomment ainsi, alors que les Normands l'appellent *Garwalf*. Jadis, on entendait raconter que, fréquemment, des hommes se transformaient en loups-garous et vivaient dans les bois. Le loup-garou est une bête sauvage : lorsqu'il est possédé par cette rage, il dévore les hommes et répand le malheur autour de lui. Il vit et rôde dans la profondeur des forêts. Mais laissons cela : c'est l'histoire de Bisclavret que je veux vous conter.

En Bretagne vivait un seigneur dont j'ai entendu dire merveilles[1]. C'était un beau et bon chevalier qui se conduisait noblement. C'était un proche de son suzerain[2] et il était aimé de tous ses voisins. Il avait pour épouse une

1. **Merveilles** : des éloges.
2. La société féodale repose sur des relations d'obligations réciproques entre suzerains et vassaux. Le vassal doit obéissance et fidélité à son suzerain, qui lui offre en échange sa protection et une terre, appelée « fief ».

femme de grande qualité et de belle allure. Il l'aimait et elle l'aimait. Mais une chose la préoccupait : chaque semaine, pendant trois jours, son époux disparaissait sans qu'elle sache ni ce qu'il devenait, ni où il allait. Personne dans leur entourage ne le savait non plus.

Un jour qu'il était de retour dans sa demeure, joyeux et de bonne humeur, sa femme le questionna avec insistance :

« Seigneur, mon beau et doux ami, il y a une chose que je souhaiterais vous demander, si je l'osais ; mais il n'est rien d'autre au monde que je craigne plus que votre colère. »

À ces mots, le mari l'enlaça, la serra contre lui et l'embrassa.

« Dame, dit-il, demandez-moi donc ce que vous voulez ! Si je connais la réponse, je vous la dirai.

– Ma foi, répondit-elle, je suis fort soulagée ! Seigneur, je suis tellement inquiète, les jours où vous me quittez : j'en éprouve une douleur si profonde et j'ai tellement peur de vous perdre que, si je ne suis pas vite rassurée, je risque d'en mourir sous peu. Dites-moi donc où vous allez, où vous vous trouvez et où vous séjournez ! J'en arrive à penser que vous aimez une autre femme et, si c'est le cas, vous commettez une faute.

– Dame, répliqua-t-il, au nom de Dieu, pitié ! Il m'arrivera malheur si je vous le dis : vous cesserez de m'aimer et moi-même je me perdrai. »

En entendant sa réponse, la dame comprit bien qu'il ne plaisantait pas. Elle le questionna alors, tant et si bien, à force de flatteries et de cajoleries, qu'il lui raconta ce qui lui arrivait, sans rien lui cacher.

« Dame, je deviens loup-garou. C'est dans cette grande forêt que je m'enfonce, au plus profond du bois, et j'y vis, chassant et volant pour me nourrir. »

Quand il lui eut tout raconté, elle lui demanda alors s'il retirait ses vêtements ou s'il les gardait.

« Dame, dit-il, je vais tout nu.

– Dites-moi, au nom de Dieu, où laissez-vous vos vêtements ?

– Dame, cela, je ne vous le dirai pas, car si je les perdais et que mon secret était découvert, je serais loup-garou pour toujours. Je n'aurais plus aucun recours pour retrouver ma forme humaine, tant qu'ils ne me seraient pas rendus. Voilà pourquoi je ne veux pas qu'on le sache.

– Seigneur, lui répondit la dame, je vous aime plus que tout au monde ! Vous ne devez rien me cacher, ni rien craindre de moi, sinon cela signifie que vous ne m'aimez pas ! Qu'ai-je fait de mal ? Quelle faute ai-je commise pour que vous ne me fassiez confiance en rien ? Dites-moi ce secret et vous agirez bien ! »

Elle le harcela tant, le pressa tant de questions, qu'il ne put rien faire d'autre que de le lui révéler.

« Dame, dit-il, près de ce bois, non loin du chemin que j'emprunte, se trouve une vieille chapelle, qui, depuis longtemps, m'est bien utile : là, il y a une large pierre creuse, sous un buisson. Dans cette cavité[1], sous le buisson, je dépose mes vêtements, jusqu'à ce que je revienne à la maison. »

En entendant ces révélations extraordinaires, la dame en devint rouge de peur, épouvantée par cette histoire. Elle réfléchit dès lors, sans relâche, au moyen de se séparer de son époux, car elle ne voulait plus désormais partager son lit.

Dans la contrée[2], un chevalier l'aimait depuis longtemps et la poursuivait de ses ardeurs pour lui offrir ses services[3]. Elle ne l'avait jusque-là ni aimé, ni assuré de son amour. Elle envoya un messager le chercher et lui ouvrit son cœur :

« Mon ami[4], dit-elle, réjouissez-vous ! Le mal qui vous tourmente, je vais y mettre un terme immédiatement. Vous ne rencontrerez plus aucune résistance de ma part : je vous

1. **Cette cavité :** ce trou.
2. **Contrée :** région.
3. L'amour courtois, appelé *fin'amor* au Moyen Âge, désigne un engagement qui unit l'amant à sa dame, le plus souvent hors du mariage. Cet engagement reproduit les liens de vassalité de la société féodale (voir note 2, p. 13) : la dame se comporte comme un suzerain, et le chevalier, son vassal, doit mériter ses faveurs et prouver sa fidélité.
4. **Ami :** dans le langage amoureux et courtois, terme par lequel on s'adresse à l'être aimé.

Miniature tirée du *Bestiaire de Rochester*, vers 1230, The British Library, Londres.

accorde mon amour et je m'offre à vous. Faites de moi votre amante ! »

Le chevalier la remercia vivement, lui demanda sa parole, qu'elle lui donna par serment. Puis elle lui raconta comment son mari s'en allait et ce qu'il devenait. Elle lui montra le chemin qu'il empruntait pour s'enfoncer dans la forêt et l'envoya chercher ses vêtements. C'est ainsi que Bisclavret fut trahi et condamné au malheur par sa femme. Comme il était habituel de le voir disparaître, tout le monde pensa qu'il était définitivement parti. On le rechercha pourtant et on se mit en quête d'informations à son sujet, mais

Verrière de la vie de saint Eustache, XIIIe siècle, cathédrale Notre-Dame, Chartres.

on ne trouva aucune trace de lui. La dame put donc épouser le chevalier qui l'aimait depuis si longtemps.

Il s'écoula, ainsi, une année entière jusqu'au jour où le roi vint chasser dans la contrée. Il se rendit tout droit dans la forêt où le loup-garou vivait. Quand les chiens furent lâchés, ils tombèrent sur le loup-garou. Chiens et veneurs[1] le poursuivirent toute la journée, faillirent le tailler en pièces et l'achever. Dès qu'il aperçut le roi, il courut vers lui pour implorer sa pitié. Il saisit l'étrier et lui embrassa la jambe et le pied. Devant ce spectacle, le roi eut très peur et appela ses compagnons :

« Seigneurs, dit-il, approchez ! Regardez ce prodige[2] ! Voyez comme cette bête se prosterne[3] ! Elle a l'intelligence d'un être humain : elle implore grâce[4]. Faites-moi reculer tous ces chiens et veillez à ce que personne ne la touche ! Cette bête est douée de raison et d'intelligence. Hâtez-vous ! Allons-nous-en ! Je prendrai cette bête sous ma protection, car je ne chasserai plus aujourd'hui. »

Le roi s'en retourna donc, suivi du loup-garou. Ce dernier se tenait tout prêt de lui : il refusait de s'éloigner

1. **Veneurs :** chasseurs à courre qui tiennent les chiens en laisse avant de les lâcher sur le gibier. Ce mot vient du latin *venator*, « le chasseur » La chasse à courre consistait à faire poursuivre le gibier par une meute de chiens et à l'épuiser jusqu'à ce que les chasseurs descendent de cheval pour l'achever.
2. **Prodige :** phénomène extraordinaire, d'origine surnaturelle.
3. **Se prosterne :** s'incline profondément en signe d'humilité.
4. **Implore grâce :** demande pitié.

et de le quitter. Le roi l'emmena dans son château, ravi et enchanté, car il n'avait jamais rien vu de tel. Il considérait l'animal comme un grand prodige et l'entourait de tous ses soins. Au nom de la fidélité qui lui était due, il recommanda à tout son entourage de bien le traiter en ne lui faisant aucun mal, en ne le frappant pas et en lui donnant à boire et à manger en suffisance. Les chevaliers du roi s'en occupèrent volontiers. Tous les jours, l'animal allait se coucher parmi eux, tout près du roi. Tous s'étaient pris d'affection pour lui tant il était loyal[1] et doux, incapable de faire le moindre mal. Il tenait à suivre le roi partout où il se rendait et restait toujours en sa compagnie. Le roi comprit combien l'animal lui était attaché.

Un jour, le roi réunit sa cour. Il avait fait venir tous les seigneurs à qui il avait confié un fief[2] afin de donner plus d'éclat et de prestige à cette fête. Le chevalier qui avait épousé la femme de Bisclavret s'y rendit en riche équipage[3]. Il ne pouvait s'imaginer qu'il se trouverait si près de ce dernier ! Dès qu'il entra dans le palais, le loup-garou l'aperçut et, d'un bond, se rua sur lui : il le saisit avec ses crocs et le tira à lui. Il lui aurait fait fort mal, si le roi ne l'avait rappelé en le menaçant d'un bâton. Deux fois encore, ce jour-là, l'animal voulut mordre le chevalier !

1. **Loyal :** fidèle.
2. **Fief :** terre donnée à un vassal par son suzerain (voir note 2, p. 13).
3. **En riche équipage :** richement habillé.

***Bisclavret*, film d'animation d'Émilie Mercier, 2011.**

Fort nombreux furent ceux dans l'assistance qui s'en étonnèrent, car jamais l'animal n'avait eu un tel comportement. C'est pourquoi tous se dirent dans le palais que la bête n'avait pas agi sans raison, que le chevalier lui avait, d'une manière ou d'une autre, causé du tort dont elle cherchait à se venger à tout prix. Pour cette fois, les choses en restèrent là. La fête se termina : les seigneurs prirent congé et rentrèrent chez eux, et l'un des premiers qui quitta la cour fut le chevalier que le loup-garou avait attaqué. La haine qu'il inspirait n'était pas étonnante !

Peu de temps s'était écoulé, lorsque le roi, si sage et si courtois[1], retourna dans la forêt avec le loup-garou, où l'on l'avait trouvé. La nuit venue, sur le chemin du retour, le roi fut hébergé dans la contrée. La femme de Bisclavret en eut connaissance. Elle prit soin de s'habiller avec grande élégance et, le lendemain, elle rendit visite au roi en lui faisant porter un somptueux présent[2]. Quand Bisclavret la vit approcher, personne ne put le retenir : il se jeta sur elle, comme une bête enragée. Écoutez comment il s'est bien vengé : il lui arracha le nez ! Que pouvait-il lui faire de pire ? On le menaça de tous côtés et on l'aurait mis en pièces si un homme plein de sagesse n'avait dit au roi :

« Sire[3], écoutez-moi ! Cette bête a vécu avec vous et nous l'avons tous observée et côtoyée[4] depuis longtemps. Elle n'a jamais touché personne, ni manifesté la moindre cruauté, sauf envers la dame que voici. Au nom de la fidélité que je vous dois, croyez-moi, cette bête doit avoir une raison pour être prise d'une telle colère contre cette dame et son mari. C'est la femme de ce chevalier pour lequel vous aviez tant d'affection et qui a disparu depuis longtemps sans qu'on sache ce qu'il était devenu. Soumettez donc la

1. **Courtois :** qui fait preuve de fidélité et de dévouement envers sa dame, qui se comporte en société selon les valeurs de la chevalerie.
2. **Présent :** cadeau.
3. **Sire :** adresse au roi. En ancien français, c'est une forme du nom « seigneur ».
4. **Côtoyée :** fréquentée.

Les Contes de la nuit, « Le Loup-garou », film d'animation de Michel Ocelot, 2011.

dame à la question[1] pour voir si elle connaît la raison pour laquelle la bête la hait à ce point. Faites-lui avouer si elle le sait ! Nous avons déjà vu se produire tant de prodiges en Bretagne. »

1. **Question :** au Moyen Âge, interrogatoire mené sous la torture, pour obtenir des aveux et des preuves.

Le roi suivit son conseil : il retint le chevalier prisonnier et, après s'être saisi de la dame, lui fit subir de violents supplices[1]. Sous l'effet de la souffrance et de la peur, elle lui raconta toute l'histoire de son mari : la manière dont elle l'avait trahi et lui avait dérobé ses vêtements ; tout ce qu'il lui avait confié sur ce qu'il devenait et où il allait ; le fait qu'il avait disparu depuis qu'elle lui avait dérobé ses vêtements. Elle n'avait aucun doute : elle était persuadée que la bête était Bisclavret.

Le roi réclama les vêtements et lui ordonna sans discuter de les lui rapporter pour qu'on les rende au loup-garou. Lorsque les vêtements lui furent présentés, ce dernier n'y prêta aucune attention. L'homme avisé[2] qui avait déjà conseillé le roi, lui dit :

« Sire, ce n'est pas ainsi qu'il vous faut agir ! Pour rien au monde cette bête ne remettrait ses vêtements devant vous, ni ne quitterait son apparence animale. Vous ne vous rendez pas compte à quel point il est rempli de honte ! Faites-le conduire dans vos appartements et faites apporter les vêtements. Laissons-le là un moment et nous verrons bien s'il retrouve sa forme humaine. »

Le roi en personne accompagna le loup-garou et referma les portes sur lui. Au bout d'un certain temps, il retourna

1. **Supplices :** tortures.
2. **Avisé :** plein de sagesse.

dans la chambre, accompagné de deux seigneurs. Ils y entrèrent tous trois et trouvèrent, sur le propre lit du roi, le chevalier endormi. Le roi courut le prendre dans ses bras : plus de cent fois, il le prit par le cou et l'embrassa. Dès qu'il le put, le roi rendit ses terres au chevalier, et lui donna plus encore. Il bannit la femme et la chassa du pays. Elle partit avec l'homme pour lequel elle avait trahi son mari. Elle eut ensuite de nombreux enfants que l'on reconnaissait très facilement à leur apparence et à leur visage : bien des femmes de son lignage[1], et c'est la vérité, naquirent et vécurent sans nez.

L'aventure que vous venez d'entendre est vraie, n'en doutez pas. Le lai de Bisclavret fut composé pour rester dans les mémoires à jamais.

1. **Son lignage :** sa descendance.

« Le roi Arthur et les chevaliers de la Table ronde assistant à l'apparition du Saint Graal », enluminure de *La Quête du Saint Graal*, vers 1470, BnF, Paris.

Lanval

Lai de Marie de France

Je vais vous raconter une aventure dans un autre lai. C'est l'histoire d'un très noble chevalier nommé, en breton, Lanval.

Le roi Arthur, le preux[1], le courtois[2], séjournait dans la ville de Carlisle[3], à la Pentecôte[4]. Il y offrit de somptueux présents aux comtes, aux seigneurs et aux chevaliers de la Table ronde[5], dont la valeur surpassait celle de tous les chevaliers du monde. Il accorda femmes et terres à tous ceux qui l'avaient servi, sauf à l'un d'eux : Lanval. Le roi l'oublia, et personne ne chercha à intervenir en sa faveur, car beaucoup jalousaient la valeur, la générosité, la beauté et le courage de ce chevalier. Même si certains lui témoignaient de l'amitié,

1. **Preux :** courageux, valeureux.
2. **Courtois :** qui fait preuve de fidélité et de dévouement envers sa dame, qui se comporte en société selon les valeurs de la chevalerie.
3. **Carlisle :** ville située à la frontière sud-ouest de l'Écosse.
4. **Pentecôte :** fête religieuse chrétienne qui a lieu le septième dimanche après Pâques, au début du mois de juin.
5. Ce lai de Marie de France s'inscrit dans le cycle de la légende arthurienne : les aventures du roi Arthur et des chevaliers de la Table ronde ont été racontées dans de nombreuses œuvres du Moyen Âge, en particulier par Chrétien de Troyes, un auteur contemporain de Marie de France.

ils n'auraient jamais songé à le plaindre en cas de malheur! Il était pourtant fils de roi, de haute naissance, mais il était loin de ses terres et de ses biens. Il faisait partie de la suite du roi[1] et, comme ce dernier ne lui avait rien donné et qu'il n'avait rien réclamé, il était à court de ressources. Voilà qu'il était bien malheureux, très triste et fort préoccupé.

Lanval, qui avait si bien servi le roi, partit un jour se promener sur son destrier[2]. Il sortit de la ville et se retrouva tout seul dans un pré. Il mit pied à terre au bord d'un cours d'eau et son cheval se mit à trembler violemment. Il le dessangla et s'éloigna pour le laisser s'ébattre dans le pré. Il replia un pan de son manteau sous sa tête et s'allongea. Très soucieux de l'indigence[3] dans laquelle il se trouvait, il ne voyait plus aucune raison d'espérer.

De là où il était ainsi étendu, alors qu'il regardait en aval du côté de la rivière, il vit venir deux jeunes filles: il n'en avait jamais vu de plus belles! Elles étaient somptueusement vêtues de bliauds[4] de pourpre[5] sombre, qui enlaçaient étroitement leur taille. Leurs visages étaient

1. **Suite du roi:** chevaliers les plus proches du roi.
2. **Destrier:** cheval de combat.
3. **Indigence:** pauvreté.
4. **Bliauds:** longues tuniques.
5. **Pourpre:** désigne à la fois une couleur rouge très foncée et le tissu des vêtements, qui est précieux.

d'une extrême beauté. La plus âgée portait deux bassins[1] d'or pur de très belle facture[2] et l'autre une serviette. Elles se dirigèrent tout droit vers le chevalier. Lanval, en homme très bien élevé, se releva à leur approche. Tout d'abord, elles le saluèrent, puis lui délivrèrent leur message :

« Seigneur Lanval, notre maîtresse, dont la générosité, la sagesse et la beauté sont sans égales, nous envoie vers vous : accompagnez-nous donc ! Nous vous conduirons sans encombre à elle : voyez, sa tente est tout près. »

Le chevalier les suivit sans se préoccuper de son cheval qui paissait[3] dans le pré. Elles le menèrent jusqu'à une très belle tente, fort bien dressée. Ni la reine Sémiramis[4], au plus haut de sa richesse, de sa puissance et de sa sagesse, ni l'empereur Octave[5], n'aurait pu en acheter un seul pan. Au sommet de la tente, un aigle d'or dominait. Il était, comme les cordes et les piquets de la tente, d'une valeur inestimable. À l'intérieur, attendait une jeune femme plus belle que la fleur de lis[6] et la rose fraîchement éclose au printemps. Elle était allongée sur un lit magnifique dont

1. **Bassins :** récipients couramment utilisés au Moyen Âge.
2. **De très belle facture :** aux très belles formes, car parfaitement façonnés.
3. **Paissait :** broutait.
4. **Sémiramis :** reine légendaire de Babylone dans l'Antiquité (IXe siècle avant J.-C.), dont le règne fut particulièrement prospère. Elle est célèbre pour sa beauté et son intelligence.
5. **Octave (63 av. J.-C.-14 apr. J.-C.) :** devenu premier empereur de Rome en 27 avant J.-C., il prit le surnom d'« Auguste ».
6. **Lis (ou lys) :** fleur banche très délicate, associée au pouvoir royal.

les étoffes valaient le prix d'un château et était simplement vêtue d'une chemise sur son corps harmonieux et gracieux. Elle avait jeté sur elle, pour ne pas avoir froid, un luxueux manteau, recouvert de pourpre d'Alexandrie doublé d'hermine[1], laissant apparaître son flanc[2], ainsi que son visage, son cou et sa poitrine. Sa peau était plus blanche que l'aubépine[3] !

Le chevalier, que la jeune femme avait appelé à elle, s'avança jusqu'au lit et s'assit. Elle lui dit :

« Lanval, mon cher ami, c'est pour vous que j'ai quitté ma terre : je suis venue de loin vous chercher. Si vous vous montrez preux et courtois, aucun empereur, aucun comte ni aucun roi ne connaîtront votre bonheur et votre richesse, car je vous aime plus que tout. »

Il la contempla et admira sa beauté. Alors l'amour le piqua d'une étincelle qui enflamma et embrasa son cœur. Il lui répondit avec délicatesse :

« Belle, si votre désir était de vouloir m'aimer, si un tel bonheur m'arrivait, je ferais tout ce qui serait en mon pouvoir, que ce soit folie ou sagesse. J'obéirai à vos ordres. Pour vous, je renoncerai au monde. Je ne veux plus jamais vous quitter et ne désire rien d'autre que de rester auprès de vous. »

1. **Hermine :** fourrure célèbre pour la pureté de sa blancheur.
2. **Son flanc :** ses hanches.
3. **Aubépine :** arbuste épineux aux fleurs petites et blanches.

La Dame à la Licorne: à mon seul désir, entre 1484 et 1500, tapisserie, musée de Cluny, Paris.

La jeune femme entendit parler ainsi celui qui l'aimait tant, elle lui accorda son amour et se donna à lui. Lanval se trouvait désormais en bonne voie ! Elle lui accorda ensuite un don : à partir de cet instant, tous ses souhaits seraient exaucés. Il pourrait donner ou dépenser sans compter, elle lui procurerait des biens en abondance. Lanval était très bien loti : plus il ferait de dépenses fastueuses, plus il aurait d'or et d'argent.

« Ami[1], ajouta-t-elle, à présent, je vous préviens – et c'est une prière et un ordre à la fois : ne révélez ce secret à personne ! Si notre amour venait à se savoir, vous me perdriez à jamais : jamais plus vous ne pourriez me voir, ni être mon amant. »

Il lui répondit qu'il observerait scrupuleusement[2] ce qu'elle lui demanderait de faire, et il demeura allongé à ses côtés tout l'après-midi jusqu'au soir. Il y serait resté plus longtemps si son amante le lui avait permis.

« Ami, dit-elle, levez-vous ! Vous ne pouvez demeurer ici davantage. Mais avant de partir, je vais vous confier une dernière chose : quand vous voudrez me parler, quel que soit le lieu, pourvu qu'il soit discret et honorable, je m'y présenterai prête à satisfaire tous vos désirs. Mais vous serez le seul à me voir et à m'entendre. »

1. **Ami :** dans le langage amoureux et courtois, terme par lequel on s'adresse à l'être aimé.
2. **Scrupuleusement :** exactement.

Ces paroles le remplirent de joie. Il lui donna un baiser et se leva. Les servantes le couvrirent de somptueux habits : ainsi vêtu de neuf, il était le plus beau des jeunes hommes. Il prit congé[1], se mit en selle pour regagner la ville. Il se retournait souvent en arrière, fort troublé : il ne cessait de songer à cette aventure, doutant, en son for intérieur[2], de sa réalité. Ébahi, il ne savait que penser, n'osant croire ce qui avait eu lieu.

Arrivé dans son logis, il découvrit ses hommes bien vêtus. Ce soir-là, il fit table ouverte[3] sans que personne ne sache d'où lui venait cette soudaine aisance. Il se mit à faire venir chez lui tout chevalier de la ville qui était dans le besoin et l'entretenait très généreusement. Lanval faisait de généreux dons, payait les rançons[4], habillait les jongleurs[5]. Il menait grand train ! Il vivait dans la joie et le plaisir ; de jour comme de nuit, il pouvait voir son amante, comme il le désirait.

La même année, après la fête de la Saint-Jean[6], une trentaine de chevaliers étaient allés se divertir dans un

1. **Prit congé :** fit ses adieux.
2. **En son for intérieur :** au fond de lui.
3. **Fit table ouverte :** accueillit de nombreux invités à sa table avec générosité.
4. Le rançonnage au Moyen Âge consistait à faire prisonniers des chevaliers et à réclamer des rançons pour les libérer.
5. **Jongleurs :** artistes ambulants qui récitaient des histoires en s'accompagnant d'un instrument de musique.
6. **Saint-Jean :** fête qui se déroule le 24 juin.

Miniature tirée du *Roman de la Rose* de Guillaume de Lorris et Jean de Meung (XIIIe siècle), vers 1490, The British Library, Londres.

jardin, au pied de la tour où logeait la reine[1]. Il y avait parmi eux Gauvain[2] et son cousin, le bel Yvain[3]. Le noble et preux Gauvain, qui était aimé de tous, prit alors la parole :

1. Il s'agit de la reine Guenièvre, épouse du légendaire roi Arthur.
2. **Gauvain :** chevalier légendaire de la Table ronde, proche et fidèle du roi Arthur.
3. **Yvain :** chevalier légendaire de la Table ronde, dont Chrétien de Troyes (1130-vers 1180) a raconté les exploits dans son roman *Yvain ou le Chevalier au lion*.

« Par Dieu, seigneurs, nous avons mal agi envers notre compagnon Lanval, qui est si généreux et si courtois, et dont le père est un roi très puissant : nous ne l'avons pas amené avec nous. »

Ils retournèrent sur leur pas pour chercher Lanval et le persuadèrent, à force de le supplier, de venir avec eux.

La reine, accompagnée de trois dames, s'était accoudée à une fenêtre sculptée. Elle aperçut les chevaliers du roi, reconnut Lanval et l'observa. Elle chargea l'une de ses dames de faire venir ses suivantes les plus aimables et les plus belles pour l'accompagner dans le jardin se distraire avec les chevaliers. Elles descendirent et les chevaliers les rejoignirent, tout joyeux de les voir. Lanval se mit à l'écart, loin des autres. Leur joie le laissait indifférent, car il lui tardait d'être avec son amie, de l'embrasser et de la serrer tout contre lui. Le voyant seul, la reine se dirigea immédiatement vers lui et s'assit à ses côtés. Elle s'adressa à lui pour lui dévoiler ses sentiments :

« Lanval, depuis longtemps, je vous ai manifesté ma considération, mon estime et mon amitié. Vous pouvez désormais avoir tout mon amour. Dites-moi ce que vous désirez ! Réjouissez-vous : je me donne à vous ![1]

1. La reine Guenièvre a une aventure amoureuse avec Lancelot du Lac, autre chevalier de la Table ronde. Cet épisode très célèbre de la légende est développé par Chrétien de Troyes (1130-vers 1180) dans son roman *Lancelot ou le Chevalier à la charrette*, pour illustrer les relations d'amour courtois entre le chevalier et sa dame.

– Dame, répondit Lanval, laissez-moi tranquille ! Je ne songe pas à vous aimer. J'ai longuement servi le roi et je ne veux pas manquer à mon serment de fidélité. Jamais je ne trahirai mon seigneur, ni pour vous, ni pour votre amour. »

Furieuse et aveuglée par la colère, la reine l'injuria :

« Lanval ! Je crois plutôt que vous ne goûtez pas ce genre de plaisirs. On m'a souvent dit que vous n'aimez pas les femmes et que vous avez à votre service de beaux jeunes hommes pour vous distraire ! Sale lâche ! Infâme traître ! Mon mari est bien malheureux d'avoir toléré votre compagnie : je crois bien qu'il en perd son salut[1] ! ».

Profondément blessé, Lanval ne fut pas long à répondre. La colère lui inspira ces paroles, qu'il regretta plus d'une fois :

« Dame, je ne sais rien de ces pratiques. Mais j'aime et je suis aimée d'une femme qui surpasse toutes celles que je connais. Et je vais vous le dire sans détour : n'importe laquelle de ses servantes, même la plus humble, est d'une beauté, d'une éducation et d'une générosité bien supérieures à vous, ma reine ! »

La reine se retira précipitamment dans sa chambre en larmes, outragée[2] et furieuse d'avoir été humiliée ainsi. Elle s'en rendit malade et s'alita : elle déclara qu'elle ne se

1. Guenièvre veut dire ici qu'en fréquentant Lanval, l'âme d'Arthur ne trouvera pas de repos éternel après la mort.
2. **Outragée :** offensée.

relèverait pas tant que le roi ne lui aurait pas rendu justice dans cette affaire où elle porterait plainte.

Alors que le roi revenait tout juste de la forêt, après avoir passé une excellente journée, il rejoignit les appartements de la reine[1]. Dès qu'elle le vit, elle lui formula sa plainte, tombant à ses pieds et l'implorant : Lanval l'avait déshonorée ; il lui avait fait des avances et, comme elle n'y avait pas répondu, il l'avait offensée et insultée en se vantant d'avoir une amante si aimable, si noble et si fière que la plus humble de ses servantes valait mieux qu'elle, la reine ! Une fureur terrible s'empara du roi : il jura, sous serment, que, si Lanval ne pouvait se justifier, il le ferait brûler ou pendre. Puis il sortit de la chambre et envoya trois de ses vassaux[2] chercher Lanval qui, de son côté, était accablé de chagrin et en proie au désespoir. De retour chez lui, il s'était bien rendu compte qu'il avait perdu son amie car il avait révélé leur liaison. Seul dans sa chambre, perdu dans ses pensées et angoissé, il n'avait cessé de l'appeler en vain[3]. Il se lamentait, soupirait, en arrivait à perdre connaissance. Il implora cent fois sa pitié et la supplia de venir lui parler à lui, son ami. Il maudit son cœur et sa bouche. Il s'en

1. **Appartements de la reine :** partie du château occupée par la reine.
2. **Vassaux :** chevaliers au service du roi, leur seigneur, selon les liens de la féodalité.
3. **En vain :** sans y parvenir.

fallut de peu qu'il ne se donnât la mort ! Il eut beau crier, hurler, se débattre et se torturer pour qu'elle lui permette de le voir ; jamais elle n'eut pitié. Hélas, que pouvait-il faire ? Les envoyés du roi arrivèrent et lui annoncèrent qu'il devait se présenter à la cour sans délai, sur ordre du roi : la reine l'avait accusé. Lanval s'y rendit, la mort dans l'âme : il aurait préféré être tué.

Il se présenta devant le roi, très abattu, silencieux et muet, montrant les signes d'une grande faiblesse. Le roi, très en colère, s'écria :

« Vassal, vous m'avez fait grand tort : vous vous retrouvez dans une bien vilaine affaire visant à me déshonorer, à m'outrager et à insulter la reine ! Et cette vantardise extravagante ! Elle doit être bien noble, votre amie, si sa servante est plus belle et plus estimable que la reine ! »

Lanval se défendit d'avoir voulu le déshonneur et la honte de son seigneur : il reprit mot pour mot l'accusation et démentit avoir fait des avances à la reine. Mais il reconnut le fait de s'être vanté de sa liaison. Il ajouta qu'en avoir parlé l'avait mis au désespoir, car cela lui avait fait perdre cet amour. Sur ce point, il acceptait de se soumettre au jugement de la cour[1].

1. Lanval accepte d'être jugé par la cour du roi, lors d'un procès.

Le roi, furieux, laisse ses vassaux délibérer pour que la procédure soit conforme au droit. Lanval, qui a interdiction de sortir de chez lui, attend son procès, soutenu par Gauvain et ses compagnons. Le premier jour d'audience commence devant la cour où siègent le roi et la reine. Le duc de Cornouailles rappelle un point important du droit féodal : l'accusation de trahison envers le roi ne peut être retenue si Lanval jure par serment à son suzerain qu'il n'a pas eu l'intention de courtiser la reine. En revanche, l'accusation concernant l'humiliation subie par la reine reste à juger : Lanval est invité à faire venir son amie pour prouver qu'il n'a pas menti. Si elle ne vient pas, il sera coupable et exilé loin de la cour du roi. Lanval est pressé par ses compagnons de faire venir son amante. Mais, celle-ci ayant cessé tout contact, il ne peut obéir. L'audience reprend. L'impatience du roi et de la reine est palpable. Les juges s'apprêtent à délibérer.

Ils allaient trancher le débat, lorsqu'ils virent arriver deux jeunes filles sur deux palefrois[1] de toute beauté, trottant à l'amble[2]. Elles étaient très gracieuses, vêtues seulement d'une tunique de taffetas[3] pourpre sur leur peau nue. Toute l'assistance les regarda avec admiration. Accompagné de trois chevaliers, Gauvain rejoignit Lanval et l'informa de cette arrivée : il désigna les jeunes filles et lui demanda, tout heureux, laquelle était son amante. Mais Lanval répondit

1. **Palefrois :** chevaux de parade.
2. **À l'amble :** trot rapide et harmonieux des chevaux, en cadence synchronisée.
3. **Taffetas :** tissu de soie.

qu'il ignorait qui elles étaient, d'où elles venaient et où elles allaient. Les jeunes filles s'avancèrent, toujours à cheval, et mirent pied à terre devant la table[1] du roi Arthur. Elles étaient d'une grande beauté. Elles s'adressèrent au roi et lui demandèrent de préparer pour leur maîtresse des chambres dignes de son rang. Le roi les fit accompagner par deux chevaliers, à l'étage. Exaspéré par le retard pris par les délibérations avec l'arrivée des jeunes filles, il fit reprendre les délibérations dans le vacarme et l'agitation.

Au milieu de cette agitation, ils virent s'avancer de nouveau deux jeunes filles en bel équipage[2] : elles étaient vêtues de deux manteaux de soie tout neufs et chevauchant deux mules d'Espagne. Les chevaliers, plein de joie, se disent que Lanval, le preux, le hardi[3], est sauvé ! Yvain alla le trouver avec ses compagnons et s'écria :

« Seigneur, reprenez courage ! Pour l'amour de Dieu, dites quelque chose ! Voici venir deux demoiselles très belles et très bien parées : il y a là votre amante, à coup sûr ! »

Mais Lanval répondit immédiatement qu'elles lui étaient inconnues et qu'il ne les avait jamais aimées. Entre-temps, elles mirent pied à terre devant le roi et tous louèrent la

1. Il s'agit ici de la Table ronde.
2. **En bel équipage :** richement habillées.
3. **Hardi :** courageux.

beauté de leur corps, de leur visage et de leur teint : toutes deux surpassaient de loin la reine.

Les deux jeunes filles, à leur tour, demandent au roi des chambres pour leur maîtresse, qui doit venir lui parler. Le roi accède à leur demande. Agacé des multiples interruptions, il presse les juges de rendre leur verdict. La reine, très irritée, s'impatiente.

La sentence[1] allait être prononcée, lorsqu'on vit s'avancer, dans la ville, une jeune femme à cheval. C'était la plus belle au monde ! Elle montait un palefroi blanc qui la portait avec grâce et douceur et dont l'encolure et la tête étaient superbes : il n'y avait pas sur terre plus noble bête ! Le cheval portait un harnachement[2] somptueux : il n'y avait, au monde, nul comte, nul roi qui puisse se l'offrir sans vendre ou mettre en gage ses terres. La jeune femme était vêtue d'une tunique blanche et sa chemise lacée sur le côté laissait voir ses flancs. Son corps était gracieux : les hanches basses, le cou plus blanc que la neige sur une branche. Ses yeux brillaient dans son visage clair, mettant en valeur sa belle bouche, son nez bien dessiné et ses sourcils foncés. Son front harmonieux était encadré de cheveux bouclés, très blonds, qui étaient bien plus éclatants qu'un fil d'or étincelant à la lumière du jour. Son manteau était

1. **La sentence :** le jugement.
2. **Harnachement :** équipement pour monter les chevaux et les diriger.

de pourpre sombre et elle portait au poing un épervier[1]. Un lévrier[2] la suivait. Dans toute la ville, petits et grands, vieillards et enfants, tous accouraient pour la contempler dès qu'ils la voyaient passer. Elle avançait lentement. En la voyant, les juges prirent son arrivée pour un prodige[3] extraordinaire.

La regarder réchauffait le cœur de chacun d'une vraie joie ! Les amis de Lanval le rejoignirent et lui parlèrent de la jeune femme qui arrivait et qui le libérerait, s'il en plaisait à Dieu :

« Seigneur, compagnon, voici venir une femme, qui n'est ni rousse, ni brune : c'est la plus belle de toutes celles qui existent au monde ! »

À ces mots, Lanval dressa la tête : il reconnut son amante et poussa un soupir. Le sang lui monta au visage et il s'empressa de déclarer :

« Ma foi, c'est bien mon amante ! Peu m'importe à présent d'être mis à mort, si elle refuse d'avoir pitié de moi, car mon bonheur, c'est de la voir ! »

La jeune femme entra dans la grande salle du palais. Jamais on n'y avait vu de femme aussi belle ! Elle mit pied à terre devant le roi de façon à être bien vue de tous. Elle laissa même tomber son manteau pour qu'on puisse

1. **Épervier :** oiseau rapace utilisé pour la chasse.
2. **Lévrier :** chien de race très fin et très rapide, prisé pour la chasse à courre.
3. **Prodige :** phénomène extraordinaire, d'origine surnaturelle.

Frank Dicksee, *La Belle Dame sans merci*, 1902, huile sur toile, Bristol Museum and Art Gallery.

encore mieux la contempler. Le roi, en homme bienséant[1], se leva pour l'accueillir et tous s'empressèrent de lui faire honneur et de la servir. Quand ils l'eurent bien regardée et eurent fait l'éloge de sa beauté, elle s'exprima ainsi, car elle ne souhaitait pas s'attarder :

« Roi, j'ai aimé un de tes vassaux. Le voici : c'est Lanval ! On l'a accusé devant ta cour. Je ne veux pas qu'il soit

1. **Bienséant :** qui connaît les usages, les convenances.

victime de ses propos. Sache-le, le tort est du côté de la reine : jamais il ne lui a fait d'avance. En ce qui concerne sa vantardise, si ma présence peut l'en justifier, que tes hommes le libèrent ! »

Le roi déclara qu'il s'inclinerait devant la sentence, tant qu'elle serait conforme au droit. Les juges à l'unanimité mirent Lanval totalement hors de cause et il fut libéré. La jeune femme se retira sans que le roi pût la retenir.

Hors de la salle, se trouvait un grand perron[1] de marbre gris d'où les chevaliers, alourdis par leur armure, prenaient appui pour monter à cheval quand ils quittaient la cour du roi. Lanval y était monté, et lorsque la jeune femme passa la porte, il sauta d'un seul élan, derrière elle, sur son palefroi. Il s'en alla avec elle vers Avalon[2], une île magnifique, à ce que racontent les Bretons. C'est là que le jeune homme fut emporté. Personne n'en a plus entendu parler.

1. **Perron :** escalier.
2. **Avalon :** île légendaire où séjournent les fées. C'est là que le roi Arthur sera emporté après sa mort par sa sœur, la fée Morgane.

Le Conte des enfants-cygnes

Conte d'Herbert

Il y avait jadis un damoiseau qui, par sa naissance et ses qualités, était reconnu pour sa noblesse. C'était un jeune seigneur fort bien éduqué. Il était passionné de chasse, que ce soit la chasse à courre[1] ou la chasse au gibier d'eau[2]. Il appréciait tout autant les braques[3] que les lévriers. Il possédait des meutes de limiers. C'était un fin connaisseur en vénerie[4] et en fauconnerie[5], au point d'en être de loin reconnu comme le meilleur.

1. **Chasse à courre :** chasse au sanglier ou au cerf qui consiste à faire poursuivre le gibier par une meute de chiens, à l'épuiser jusqu'à ce que les chasseurs descendent de cheval pour l'achever.
2. **Gibier d'eau :** oiseaux sauvages qui vivent à proximité d'une étendue d'eau.
3. **Braques, lévriers, limiers :** races de chiens utilisés pour la chasse.
4. **Vénerie :** art de chasser avec des chiens.
5. **Fauconnerie :** art de dresser des faucons pour la chasse.

Miniature tirée du *Livre de chasse* de Gaston Phébus, 1407, BnF, Paris.

Un jour, il emmena ses braques et ses limiers à la chasse. Les veneurs[1] avaient lâché les meilleurs chiens. Ils suivaient une piste. Le damoiseau montait un grand cheval de chasse[2]. Il portait un cor[3] à son cou et une épée au côté avec laquelle il avait mis à mort de nombreuses bêtes. Alors qu'ils sortaient d'un sentier, les chiens flairèrent la trace d'un cerf plus blanc que neige. La chasse promettait d'être bonne et la traque

1. **Veneurs :** chasseurs à courre qui tiennent les chiens en laisse avant de les lâcher sur le gibier. Ce mot vient du latin *venator*, « le chasseur ».
2. Le cheval utilisé pour la chasse était appelé « chacëor » au Moyen Âge. Ce mot n'existe plus dans notre langue française actuelle.
3. **Cor :** instrument à vent fait de cuivre, enroulé sur lui-même.

exaltante, car le cerf se mit en fuite. Les uns cornaient[1], les autres criaient et la forêt retentissait des aboiements de la meute. Le damoiseau lança son cheval à la poursuite du cerf : c'était lui qui le suivait de plus près. Mais le cerf blanc connaissait parfaitement tous les recoins de ce territoire. Ses bois[2] comptaient dix andouillers[3]. C'était un animal imposant, grand et très vieux. Ses bois aplatis sur son dos, la tête levée, il s'enfonçait au plus profond des fourrés touffus. Le damoiseau le suivait le plus vite qu'il le pouvait pour ne pas perdre sa trace. Et le cerf fuyait toujours. Tous les chiens perdirent bientôt sa trace. La forêt s'épaississait, de plus en plus drue[4]. Le damoiseau avait perdu de vue toute sa suite[5] et il ne savait plus où étaient ses chiens. Il se trouvait dans une vallée profonde. Il éperonna[6] son cheval et, à plusieurs reprises, sonna du cor pour appeler ses chiens et sa suite, qu'il avait complètement perdus. Mais il eut beau sonner l'appel, personne ne lui répondit. Il remonta et descendit la vallée, à bride abattue, faisant résonner son cor à travers forêts et vallons.

1. **Cornaient :** sonnaient du cor.
2. **Bois :** ramure du cerf, c'est-à-dire ses cornes.
3. **Andouillers :** branches de chaque bois du cerf qui permettent de connaître l'âge de l'animal.
4. **Drue :** touffue et dense.
5. **Toute sa suite :** tous ceux qui accompagnaient le jeune seigneur à la chasse.
6. **Éperonna :** piqua les flancs de son cheval avec les éperons pour le faire avancer plus vite.

Il chevaucha en tous sens tant et si bien qu'il finit par arriver à une fontaine[1] limpide dont l'eau claire et pure ruisselait sur les graviers. C'est là qu'une fée, dévêtue, se baignait seule et sans aucune compagnie. Elle était gracieuse et mince : ses bras, son corps et son visage étaient de toute beauté. Il n'existait pas au monde plus belle jeune fille. Le damoiseau la vit et, saisi par sa beauté, se figea[2]. Il oublia ses chiens et sa suite. Il la désira immédiatement, envoûté par sa grande beauté. La fée, de son côté, avait laissé, sans y prendre garde et en toute innocence, une chaîne d'or fin qui lui appartenait sur la rive. Le damoiseau, enflammé par la passion, d'un bond, s'empara de la chaîne. La jeune fille fut surprise : comme sa force et son pouvoir étaient concentrés dans la chaîne, elle ne put se défendre. Sans perdre un instant, le damoiseau la fit sortir toute nue de l'eau et la couvrit des vêtements qu'elle avait laissés sur le bord. Il avait complètement oublié les chiens et le cerf. Il lui demanda de lui accorder son amour et lui dit qu'il s'engageait à la prendre pour épouse : elle deviendrait une riche et noble dame. La fée accepta et lui fit prêter serment de tenir sa promesse. À cette époque, il ne fallait pas plus, quand deux jeunes gens se fiançaient, que d'échanger des serments pour se porter l'un à l'autre loyauté, fidélité et grand amour. Le soir, ils dormirent au bord de la fontaine et ne se quittèrent pas.

1. Il s'agit ici d'une fontaine naturelle.
2. **Se figea :** s'immobilisa.

John William Waterhouse, *Lamia*, 1905, huile sur toile, Auckland Art Gallery.

La jeune fille devint femme. Allongé sur l'herbe fraîche et verdoyante, le damoiseau rayonnait de bonheur. À minuit, la jeune fille, devenue femme, regarda les étoiles. Elle comprit qu'elle avait conçu six fils et une fille. Fort effrayée, elle rapporta cette nouvelle à son mari qui la réconforta et la prit délicatement dans ses bras. Il lui embrassa tendrement les yeux, la bouche et le visage. Aux premières lueurs du matin, le damoiseau la fit monter sur son cheval de chasse et l'emmena vers son château. À leur arrivée, tous les gens du jeune seigneur accoururent pour manifester leur liesse[1] et firent grande fête à la dame. Leur joie redoubla pour lui rendre hommage quand ils apprirent qu'elle était l'épouse de leur seigneur.

Le damoiseau avait encore sa mère, mais il avait perdu son père. Quand cette dernière vit la dame et qu'elle comprit que son fils l'avait épousée, il s'en fallut de peu qu'elle ne déchaîne sa fureur. En effet, elle se considérait comme la seule femme dans la vie de son fils, et elle redoutait fortement que sa bru[2] ne devienne la seule dame d'influence pour lui, puisqu'il l'avait épousée. Elle en éprouva un tel chagrin et une telle jalousie qu'elle manqua d'en perdre la vie. Elle n'eut alors plus en tête que cette haine et

1. **Liesse :** grande joie.
2. **Bru :** belle-fille, femme du fils.

ce désir de lui nuire et de la trahir. Elle alla trouver son fils et lui reprocha ce mariage. Elle chercha à insinuer[1] le doute en son cœur, et si elle avait pu réussir, elle l'aurait amené à haïr son épouse. Mais elle ne put rien, car le damoiseau ne voulut plus en parler. Il dit à sa mère :

« Dame[2] ! N'en parlez plus ! Elle est ma femme et mon amante. Je ne veux aucune autre femme qu'elle. »

La mère comprit que tout ce qu'elle pourrait donner ou promettre n'y changerait rien, et qu'en parler mécontentait son fils. Cela la plongea dans une profonde affliction[3].

Elle se mit alors à échafauder mille machinations[4] plus sombres les unes que les autres, mais elle n'en laissait rien paraître. Rongée par la jalousie et la haine, elle ne songeait qu'au moyen de nuire. Elle décida d'attendre le moment et la situation propices car, pour l'heure, elle ne pouvait agir autrement. Elle était fourbe[5] et malveillante, mais elle n'en montrait rien à sa bru, à laquelle elle feignait[6] de témoigner de l'affection. Elle l'instruisait avec grande douceur et l'éduquait comme si elle avait été sa fille. Elle lui témoignait autant d'estime que possible, et n'osait se comporter autrement. Manifester un faux

1. **Insinuer :** introduire.
2. **Dame :** interpellation par laquelle le damoiseau s'adresse à sa mère de manière respectueuse.
3. **Affliction :** douleur.
4. **Machinations :** complots.
5. **Fourbe :** malhonnête.
6. **Feignait :** faisait semblant (du verbe « feindre »).

amour est une bien vilaine chose, car celui qui feint d'aimer ne fait que masquer sa haine.

Le cœur de la vieille femme n'était que perfidie[1] et malveillance, alors que la dame était franche, sensible et agréable. Comme elle était enceinte, elle avait perdu des couleurs et elle grossissait chaque jour un peu plus. Le terme[2] approchait. Sa belle-mère, qui faisait semblant, par hypocrisie, de la servir, fit en sorte qu'il n'y ait personne d'autre qu'elle lors de l'accouchement. La dame et la belle-mère étaient donc seules, en tête-à-tête, dans une chambre retirée. La jeune femme souffrait beaucoup : son cœur, son corps et ses membres enduraient la douleur. Et elle souffrit encore plus lorsqu'elle accoucha car, comme Dieu l'avait voulu, elle mit au monde six fils et une fille dans les bras de sa malfaisante belle-mère, qui était plus sournoise[3] qu'une vipère. Les sept enfants étaient d'une beauté extraordinaire et portaient chacun une chaîne d'or, fermée autour du cou : c'était un don de la nature.

Quand la vieille marâtre[4], qui nourrissait en elle tant de méchanceté et qui enviait tant sa bru, vit les enfants, elle devint sa mortelle ennemie. Elle lui enleva ses sept enfants et les remplaça par sept chiots de sa chienne braque, qui avait mis bas[5] dans la semaine. Elle n'eut aucune difficulté

1. **Perfidie :** ici, trahison.
2. **Terme :** fin de la grossesse, qui marque le moment de l'accouchement.
3. **Sournoise :** hypocrite.
4. **Marâtre :** belle-mère. Ce nom a pris une valeur péjorative dès le XIIIe siècle.
5. **Mis bas :** donné naissance.

Miniature tirée de la « Chanson du Chevalier au Cygne »,
Livre de Talbot-Shrewsbury, vers 1445, The British Library, Londres.

et elle ne rencontra aucun obstacle pour réaliser son forfait[1]. Comme la jeune femme était malade et éprouvée par les douleurs de l'accouchement, elle ne s'aperçut de rien. Puis, sa belle-mère convoqua en secret un serviteur en qui elle avait toute confiance et qui savait tout de ses intentions. Elle lui remit les enfants et, à voix basse, en toute discrétion, lui dévoila le plan qu'elle voulait lui confier : elle lui fit promettre et jurer de ne jamais la dénoncer, d'emmener les sept

1. **Forfait :** crime.

enfants dans un lieu où on ne pourrait jamais les retrouver et de les faire disparaître en les étranglant ou en les noyant.

Le serviteur emporta les enfants et passa très discrètement les portes du château. Il s'enfonça dans la forêt profonde. Même s'il avait bien en tête ce qu'il avait juré à sa maîtresse, la vue des sept enfants, si beaux, l'empêchait de les tuer. Cela lui semblait être une grande cruauté de les faire mourir comme il devait le faire. Il retournait le problème dans tous les sens et décida finalement qu'il les abandonnerait sous un arbre sans leur faire le moindre mal : des bêtes sauvages ou des oiseaux viendraient sans doute les dévorer et il se serait ainsi acquitté de sa tâche. Même pour mille livres[1] il n'aurait pas voulu leur faire de mal ! Il les abandonna donc au pied d'un arbre tous les sept, serrés les uns contre les autres. Bien fou est celui qui tourne le dos à Dieu, car celui qui créa la terre et fit l'homme à son image est plein de miséricorde[2]. Il sait tout, il peut tout, il voit tout. Dieu vit les enfants que le serviteur avait abandonnés sous l'arbre. Dans sa grande pitié, il les protégea, car il ne voulait pas que périsse l'œuvre qu'il avait accomplie.[3]

1. **Livre :** monnaie utilisée au Moyen Âge pour les sommes importantes.
2. **Miséricorde :** pardon.
3. Dans ce conte, la référence au Dieu chrétien est très importante, car elle rappelle qu'au Moyen Âge, la religion chrétienne est omniprésente dans toutes les situations de la vie. Le conte est raconté dans un but d'instruction des fidèles et permet de diffuser des valeurs morales.

Dans cette forêt vivait un vieil homme, un philosophe[1] très savant et très sage qui, pour méditer tranquillement, s'était écarté de toute ville et de toute communauté humaine : il se consacrait pleinement à l'étude. Il vivait dans une caverne toute l'année, été comme hiver, et passait son temps à se promener dans les bois pour méditer et réfléchir[2]. Et comme Dieu l'avait décidé, cet homme passa à côté de l'arbre où se trouvaient les enfants et les découvrit. Il en fut rempli de joie et les recueillit dans sa caverne. Il s'occupa d'eux avec une grande bonté : il les aimait et les entourait de toute sa tendresse. Il les nourrit avec le lait d'une biche apprivoisée, qui s'était installée dans la caverne, et prit soin d'eux, pendant sept ans.

Au château, personne ne sut que la vieille marâtre, qui était plus cruelle et plus impitoyable qu'un tigre ou qu'une lionne, avait chargé un serviteur de se débarrasser des enfants. Elle appela son fils et, lui cachant bien la vérité, lui dit ce mensonge :

« Oh mon fils ! Toi qui es si naïf, tu n'as pas voulu me croire et tu as pris femme contre mon gré[3], tu as fait une

1. **Philosophe :** homme sage.
2. On trouve ici le thème de l'ermite médiéval : un homme, souvent un moine, qui vit seul, à l'écart du monde, pour se consacrer pleinement à la méditation et à la réflexion.
3. **Mon gré :** ma volonté.

belle erreur ! Viens voir les rejetons qu'elle a mis au monde et dont elle s'est délivrée[1] ! ».

Elle le conduisit vers le lit de la fée qui, encore très affaiblie et fatiguée, ne faisait pas attention à eux. Le jeune seigneur découvrit les chiots que lui montrait sa mère :

« Beau fils, voilà les monstres dont ta femme a accouché. Tu disais qu'elle était fée, mais c'est à sa progéniture que l'on peut savoir quelle est sa véritable nature ! » ajouta la vieille femme avec perfidie[2].

Une grande souffrance envahit le jeune homme, parce qu'il croyait tout ce que sa mère lui disait. C'est pourquoi il lui demanda d'emporter secrètement les chiots dans un lieu où ils seraient noyés. Et le damoiseau, qui avait l'habitude de servir et d'honorer la fée plus que quiconque, qui l'aimait d'un si grand amour, qui l'appelait sa dame aimée et son amante, se mit à la haïr profondément à cause de la traîtrise et de la cruauté de sa mère. Il ne lui laissa ni le temps de se relever de couches[3], ni de s'expliquer. Sans plus attendre, il la fit enterrer, jusqu'à sa belle et blanche poitrine, au milieu du château. Il n'avait plus aucun amour pour elle et il ordonna à tous ses gens de ne lui porter

1. **Dont elle s'est délivrée :** dont elle a accouché.
2. **Perfidie :** ici, méchanceté.
3. **Se relever de couches :** se remettre de son accouchement.

aucune considération[1]. Il exigeait de tous, écuyers[2], valets d'écurie et serviteurs, de se laver les mains au-dessus de sa tête et de les essuyer sur ses cheveux qui étaient si clairs et si éclatants qu'ils semblaient d'or. Il la fit traiter de manière particulièrement honteuse : il ordonna au panetier[3] de la nourrir avec le pain que l'on jetait aux chiens. Elle survécut ainsi dans des conditions très dures et très misérables. Tous ceux qui la voyaient, en étaient ébranlés[4], mais ne pouvaient rien faire. La jeune femme, qui était si douce, subit ainsi un épouvantable châtiment[5] et de terribles supplices[6] pendant sept années. Elle paya bien cher ces sept années de persécution[7]. Tous ses vêtements s'étaient usés, déchirés et avaient pourri, et elle-même avait bien changé : son teint était devenu pâle et livide[8], sa peau, si blanche jadis, avait noirci et ses cheveux s'étaient ternis, en devenant presque noirs. Son visage était creusé par la souffrance, ses yeux gris-vert enfoncés dans leurs orbites. Son corps était

1. **Considération :** attention.
2. **Écuyers :** jeunes nobles qui apprenaient le métier des armes auprès d'un chevalier qu'ils servaient en portant son bouclier.
3. **Panetier :** au Moyen Âge, personne chargée de la garde et de la distribution du pain.
4. **Ébranlés :** bouleversés.
5. **Châtiment :** punition très sévère, où la souffrance physique est privilégiée.
6. **Supplices :** tortures.
7. Au Moyen Âge, les condamnés étaient exposés aux yeux de tous : cette exposition publique faisait partie de la peine. La punition de la fée, dont la beauté a frappé le damoiseau, vise précisément à ruiner sa beauté publiquement.
8. **Livide :** terne.

décharné[1]. Sa grande beauté et son éclat avaient complètement disparu. C'était miraculeux qu'elle fût encore en vie !

Pendant ces sept années, les enfants vécurent dans la forêt, nourris par le lait de la biche sauvage. Ils vagabondaient dans les bois et attrapaient des bêtes sauvages et des oiseaux qu'ils rapportaient au philosophe. Ce dernier faisait tout ce qu'il pouvait pour les nourrir et les éduquer avec douceur.

Un jour, ainsi que Dieu l'avait décidé, leur père vint dans la forêt avec ses chiens, comme il en avait l'habitude, pour chasser le cerf ou tout autre bête sauvage. Il était à l'affût comme le sont les chasseurs. Alors qu'il traversait un ancien sentier, il découvrit les enfants qui s'égayaient[2]. Chacun avait une chaîne en or autour du cou. Dès qu'il les vit, il les observa avec grand plaisir. Mais dès qu'ils l'aperçurent, ils s'enfuirent. Le seigneur les poursuivit, tout joyeux de les talonner et espérant en attraper au moins un. Mais il ne put les approcher, ni s'en saisir. Il continua la poursuite, mais les perdit de vue, ne sachant plus dans quelle direction ils s'étaient dirigés.

Le seigneur rentra dans son château. Il raconta son aventure à sa mère et à ses gens. La vieille marâtre convoqua le serviteur, consternée[3] et inquiète de ce qu'elle avait

1. **Décharné :** très amaigri.
2. **S'égayaient :** jouaient.
3. **Consternée :** catastrophée.

entendu. Dans une pièce isolée, elle lui demanda de lui dire, en toute vérité, s'il avait bien tué les enfants. Il lui répondit avec honnêteté qu'il ne l'avait pas fait, car il s'était dit qu'ils ne pourraient pas survivre seuls ou quitter le pied de l'arbre où il les avait déposés, serrés les uns contre les autres.

«Ah! fit la mère du seigneur, tu as mal agi en ne les tuant pas sur-le-champ. Tu nous as mis dans une très fâcheuse situation: mon fils, alors qu'il était à la chasse, les as vus aujourd'hui, tous les sept! Il va falloir que tu te démènes! Tu dois chercher ces enfants sans relâche! Tu dois fouiller chaque recoin de la forêt et de ses alentours pour récupérer absolument leurs chaînes, que tu me rapporteras, à tout prix, sans quoi nous sommes morts...»

Pris de peur, le serviteur mit toute son énergie dans sa quête. Pendant trois jours, il chercha partout, nuit et jour, sans jamais se reposer, inspectant chaque bois, chaque sentier. Au quatrième jour, il aboutit à une rivière dont l'eau était profonde et claire. Là, se baignaient les six frères qui avaient l'apparence de cygnes. Ils jouaient, et leur sœur, la plus éclatante des créatures, était sur la rive: elle gardait leurs chaînes en les attendant. Le serviteur remarqua que la petite fille portait sa chaînette autour du cou et aperçut, tout près d'elle, les autres chaînes, qu'il devait rapporter à sa maîtresse. La petite était absorbée par le jeu de ses frères: elle ne s'aperçut de rien et ne fut surprise qu'au moment où il se saisit des six chaînettes. Mais il ne réussit pas à attraper celle qu'elle portait au cou. Elle s'enfonça dans la forêt et il ne sut pas ce qu'elle était devenue.

Tout joyeux, il retourna au château pour rapporter à sa maîtresse les six chaînes, en secret. La vieille marâtre, très vite, fit appeler un orfèvre[1] en qui elle avait confiance. Elle lui demanda, en vertu de la considération et du respect qu'il avait pour elle, qu'il lui confectionne le plus rapidement possible un hanap[2] avec les six chaînes d'or. Elle lui promit une forte récompense, à condition que personne n'en sache rien. Il accepta le marché.

Il se mit immédiatement au travail : il alluma sa forge[3] et commença à frapper l'enclume avec son marteau. Il chercha à chauffer l'une des chaînes, mais ne réussit pas du tout à l'entamer, ni à la briser, en utilisant aussi bien le feu que le marteau. Il tenta l'expérience sur les six chaînes, mais échoua à chaque fois. Il arriva seulement à ouvrir à peine un seul anneau de l'une d'elles. Il comprit qu'il n'arriverait à rien, et cela le contraria fortement. Il prit alors le même poids en or que les six chaînes, qu'il était impossible de faire fondre, et fabriqua un superbe hanap. Après avoir rangé soigneusement les chaînes, il le porta à sa fourbe et

1. **Orfèvre :** artisan qui travaille des objets précieux et des bijoux.
2. **Hanap :** grande coupe utilisée pour boire.
3. **Forge :** fourneau dans lequel l'orfèvre fait fondre les métaux et les travaille avec ses outils, le marteau et l'enclume.

« Le mois de juillet », miniature tirée des *Très Riches Heures du duc de Berry* des frères de Limbourg, 1411-1416, musée Condé, Chantilly.

cruelle maîtresse, qui garda l'objet dans son écrin[1] et le mit sous clé. Elle ne l'utilisa jamais pour boire de l'eau ou du vin et ne le montra à personne.

De leur côté, les six frères, qui étaient devenus cygnes, ne purent reprendre leur forme humaine sans leurs chaînes d'or qui leur donnaient ce pouvoir. Très éprouvés de se retrouver dans cette situation, ils durent subir leur sort. Ils poussaient des cris, comme les cygnes le font, pour signifier leur malheur ; ils nageaient en tous sens sur la rivière qu'ils se mirent à haïr. Ils décidèrent de quitter ces lieux tous ensemble. Leur sœur, qui avait encore, contrairement à eux, sa chaîne au cou, se transforma en cygne. Ils s'élancèrent d'un même élan, tendant pattes et col. Ils montèrent haut dans le ciel, en vol groupé. Ils volèrent longtemps, ensemble, tous les sept, jusqu'à apercevoir un vaste et bel étang, profond, qui semblait agréable. Ses eaux transparentes convenaient aux cygnes qu'ils étaient devenus et à la manière de vivre qu'ils souhaitaient. Ils piquèrent[2] vers cet étang qui leur plaisait.

Le château de leur père était situé si près que l'eau venait jusqu'aux fortifications et s'étendait tout autour. Il était bâti sur une roche naturelle, dure, abrupte[3] et large, qui s'étendait jusqu'à une montagne si haute qu'elle

1. **Écrin :** coffret.
2. **Piquèrent :** s'élancèrent depuis le ciel.
3. **Abrupte :** raide.

semblait toucher le ciel. Cela donnait l'impression que le château était taillé dans la montagne. Il n'y avait qu'une seule entrée, fermée par une solide porte magnifiquement travaillée[1], protégée par un pont-levis[2]. La route qui y aboutissait était coupée par des fossés et une palissade tout autour. C'était un superbe château fortifié qui avait été construit par un architecte particulièrement talentueux, de manière à ce qu'il ne puisse être atteint par aucune catapulte, ni être envahi, tant par la force que par la ruse. Personne ne pouvait l'approcher. Ses hautes murailles, son double mur d'enceinte, ses portes étaient renforcés. Aucun autre château n'avait jamais été aussi bien bâti. L'intérieur était grand, large et richement aménagé. Dans le donjon, se trouvait un appartement au mobilier somptueux. Le palais, adossé au donjon, était vaste et était entouré d'étables, de greniers, de chambres et de cuisines. Dans la grande salle du palais, étaient accrochés de nombreux boucliers, de nombreuses armes, lances, épées, au fer bien aiguisé et bien tranchant, ainsi que des cors recouverts d'argent ciselé.

Les fenêtres du château donnaient sur l'étang et le seigneur s'y était, un jour, accoudé. Il fixait l'onde[3],

1. **Travaillée :** façonnée avec soin. La porte est un indicateur de la puissance et de la richesse du seigneur.
2. **Pont-levis :** pont mobile qui permet l'accès au château.
3. **Onde :** eau de l'étang.

préoccupé. Il aperçut les beaux et majestueux cygnes. Il ordonna alors à ses gens de ne pas les déranger, de ne pas leur faire peur et de ne leur faire aucun mal. Ils leur jetèrent du pain et du blé pour qu'ils se familiarisent avec les lieux. C'était une chance pour les cygnes de s'être établis là. Le seigneur passait du temps à les observer et à les admirer ; les habitants du château leur donnaient tous leurs restes de nourriture. Ils faisaient partie de l'environnement de la seigneurie[1] et l'on se plaisait à les regarder se nourrir et jouer entre eux.

La sœur, qui avait gardé sa chaîne, redevenait humaine à son gré[2], se postait à la porte du château pour qu'on lui fasse l'aumône de nourriture[3]. Elle vivait des restes de la table du seigneur, dont elle ignorait qu'il était son père. Elle ne savait pas non plus que la femme qu'elle avait aperçue à moitié ensevelie dans la cour était sa mère. Elle ne pouvait s'empêcher d'éprouver pour elle de la compassion et de la tristesse. Elle versait souvent des larmes en la voyant souffrir de son châtiment. La nourriture qu'elle glanait[4], elle en donnait tout ce qu'elle pouvait à sa mère, avant de ramener le reste à ses frères. Ces

1. **Seigneurie :** ensemble des possessions du seigneur.
2. **À son gré :** comme elle le voulait.
3. La petite fille vient mendier à la porte du château.
4. **Glanait :** recueillait.

Heinrich Vogeler, *Conte aux cygnes*, 1899,
huile sur toile, Fondation Waldemar Koch, Brême.

derniers, quand ils la retrouvaient, manifestaient leur joie en voletant autour d'elles et mangeaient dans sa main. Ils l'entouraient de leurs ailes et elle les embrassait tendrement, car elle seule savait qu'ils étaient ses frères. Pourtant, la nuit, elle allait s'étendre auprès de la femme, dont elle ne savait pas qu'elle était sa mère, car elle ne pouvait s'empêcher d'éprouver une grande pitié pour elle, sans savoir pourquoi. Mais sans doute agissons-nous, sans le savoir, selon notre vraie nature[1].

C'est ainsi que se déroulait chaque journée: soir et matin, on la voyait descendre du château vers l'étang, tendre la main aux cygnes qui prenaient ce qu'elle leur donnait, puis on l'entendait verser des larmes de lamentation[2] auprès de sa mère qui endurait tant de souffrances. C'était très étonnant de la voir agir ainsi. Certains disaient qu'elle ressemblait étrangement à la fée, lorsque le seigneur l'avait amenée la première fois au château: elle avait la même silhouette, le même visage. Son nez et ses traits lui ressemblaient.

Quand le seigneur du château la voyait, il la regardait de bon cœur et l'observait sans pouvoir s'en empêcher. Un jour, il la fit mander[3]. L'enfant vint de bonne grâce.

---

1. Allusion à une croyance médiévale selon laquelle on reconnaît ceux qui sont du même sang, c'est-à-dire de la même famille.
2. **Lamentation:** chagrin.
3. **Mander:** appeler.

Le châtelain vit alors la chaîne d'or qu'elle portait autour du cou et cela lui rappela la fée qu'il avait rencontrée à la fontaine, qu'il avait épousée et à qui il faisait subir de tels tourments qu'on ne pouvait pas imaginer qu'il l'eût aimée. Il s'adressa à l'enfant et lui demanda :

« Fillette, où es-tu née ? Dans quel pays ? Dans quelle contrée ? N'as-tu donc ni père, ni mère, ni parent, ni sœur ou frère ? Comment se fait-il que tu réussisses, le soir et le matin, à faire venir les cygnes et qu'ils te mangent dans la main quand tu veux ? »

À ces mots, l'enfant se mit à soupirer et à pleurer. Elle avait du mal à trouver ses mots, et entre deux soupirs, elle répondit :

« Seigneur, s'il était possible de naître sans père et sans mère, alors je vous dirais que je n'ai ni père, ni mère. En réalité, je sais seulement que je n'ai jamais vu mon père ou ma mère. En revanche, je sais sans aucun doute que les cygnes qui viennent me manger dans la main sont bien mes six frères, nés du même sang que moi. »

Elle raconta ensuite au seigneur leur enfance dans la forêt pendant sept années : nourris par le lait d'une biche sauvage, ils avaient été sauvés et protégés par un vieux maître, fort érudit[1]. Elle expliqua que l'homme qui avait volé les chaînes de ses frères, qu'elle gardait sur la rive,

1. **Fort érudit :** qui avait beaucoup de connaissances.

avait fait leur malheur puisque sans leur chaîne, ils ne pouvaient plus retrouver leur forme humaine, et étaient restés cygnes. Enfin, elle finit par évoquer leur arrivée, au pied du château, dès qu'ils avaient découvert l'étang qu'ils avaient trouvé si beau.

La vieille marâtre, si envieuse et fourbe, qui connaissait bien tous ces malheurs puisqu'elle en était à l'origine, se trouvait, ainsi que son serviteur, dans la grande salle où la fillette racontait son histoire au seigneur devant tout le monde. Ils étaient à l'écoute quand leurs regards se croisèrent : ils savaient qu'ils étaient coupables de tout et ils se sentaient de plus en plus mal à l'aise au fil du récit de la fillette. Personne ne les soupçonnait, donc personne ne remarqua que leurs visages avaient changé de couleur. Qu'une bonne action ou une mauvaise action soit cachée, même depuis longtemps, elle finira toujours par être mise au jour, car Dieu sait tout : il voit tout et entend tout. Il récompense toujours largement celui qui fait le bien et il punit celui qui a péché[1]. C'est Dieu qui avait décidé que soit révélé ce qui avait été caché depuis sept ans.

La vieille marâtre était décontenancée[2], tout en étant submergée de haine et de fureur[3]. Elle se dit qu'elle devait

1. **Péché :** commis une faute.
2. **Était décontenancée :** avait perdu son sang-froid.
3. **Fureur :** très forte colère.

faire tuer la fillette si elle en trouvait le moyen. Elle appela son serviteur et l'effraya tant qu'il promit de la tuer sans plus attendre dès qu'il en aurait l'occasion.

Un jour que la petite, qui ne se doutait de rien, sortait paisiblement du château pour retrouver ses frères, comme à son habitude, le serviteur la suivit furtivement[1] et, au moment où elle descendait vers l'étang, il se précipita sur elle, l'épée nue, prête à s'abattre. À cette vue, la fillette, épouvantée, se mit à fuir, talonnée[2] par le serviteur. Or, par le plus grand des hasards, le seigneur du château arriva au grand galop dans leur direction. Il barra la route au serviteur, lui arracha l'épée qu'il avait à la main et lui donna un coup du plat de la lame. Il avait sauvé la fillette d'une mort certaine. Le serviteur reconnut le maître du château et pensa qu'il ne survivrait pas. Mais le seigneur s'avança vers lui et lui ordonna d'avouer pourquoi il voulait ravir la vie à[3] la petite. Le serviteur, atterré, dit toute la vérité et raconta tout ce qui s'était passé depuis le début : les circonstances dans lesquelles les enfants étaient nés, leur abandon dans la forêt, le vol des chaînettes d'or et les raisons de sa tentative de meurtre de la fillette. Il jura, sur son âme[4], qu'il n'avait fait qu'exécuter les ordres de sa maîtresse.

1. **Furtivement :** discrètement.
2. **Talonnée :** suivie de près.
3. **Ravir la vie à :** tuer.
4. **Sur son âme :** en mettant en jeu le repos éternel de son âme après la mort.

Heinrich Döll, décor réalisé pour l'opéra *Lohengrin* de Richard Wagner, 1864, aquarelle, Theatermuseum, Munich.

Tout ce que le seigneur entendit dire de sa mère le rendit furieux. Il ramena le serviteur au château et, dans la grande salle du palais, devant tout le monde, se dirigea vers la vieille femme perfide, qui n'était que méchanceté. Il ne la salua pas, il sortit son épée du fourreau[1] et lui ordonna

1. **Fourreau :** étui de protection de l'épée, porté à la ceinture.

de lui dire la vérité. La vue de l'épée la terrorisa et elle lui avoua tout. Le châtelain lui réclama les chaînes d'or. Elle lui dit alors :

« Beau fils, pitié ! Au nom de Dieu, tue-moi si tu le souhaites, mais tu commettras un grave péché ! Quant aux chaînes, elles sont perdues, car j'en ai fait faire une coupe. Même si tu me supprimes et me mets en pièces, si l'orfèvre dit vrai, tu ne retrouveras jamais les chaînes, car elles n'existent plus. »

Le seigneur fit venir l'orfèvre et, avec beaucoup de bienveillance, lui demanda de lui dire la vérité concernant les chaînes. L'artisan ne mentit pas. Il reconnut qu'il les avait encore, car il était impossible, ni avec le feu, ni au marteau, de les entamer. Fort d'une belle récompense, il les rendit au châtelain, qui n'était pas un ingrat[1]. Ce dernier les remit à la fillette dont la joie était immense. Elle courut, immédiatement, du plus vite qu'elle put, vers l'étang. Les cygnes s'empressèrent, dès qu'ils la virent, de voleter vers elle. Elle les prit dans ses bras et les embrassa, puis rendit sa chaîne à chacun. Ils reprirent tous leur forme humaine, sauf un, celui dont l'orfèvre avait brisé la chaîne. Il fut absolument impossible à ce dernier de redevenir humain : il resta cygne pour le restant de ses jours. Mais il resta toujours en compagnie de l'un de ses frères, qu'il suivait partout, sous la

1. **N'était pas un ingrat :** savait manifester sa reconnaissance.

forme d'un cygne. Et, il n'y a aucun doute que celui de ses frères qu'il accompagnait fut très célèbre : il devint un chevalier fameux, car il était dit que son nom resterait dans les mémoires. Et il entra dans la légende, une légende admirable et vraie : le Chevalier au Cygne[1], c'était lui, le chevalier qui était aussi preux[2] que sage ! Le chevalier, accompagné d'un cygne avec une chaîne en or au cou et qui tirait la nef[3] où il se tenait en armes, était en réalité le frère du cygne. C'est à ce chevalier, dont les qualités étaient si remarquables, que fut confié le duché de Bouillon[4].

Tous au château étaient en liesse[5]. Les enfants firent enfin la connaissance de leur père, qui les découvrit à son tour. Sans tarder, ils coururent déterrer la fée qui avait supporté de si grandes souffrances. Ils la soignèrent et la parèrent[6] de riches vêtements. On la servait et on l'honorait avec tant d'égards qu'elle reprit bien vite des couleurs. La beauté de son corps et l'éclat de son

1. Le Chevalier au Cygne est un personnage légendaire du XIIe siècle. Ses aventures sont mentionnées dans diverses chansons de geste. Le roman courtois *Parzifal*, écrit en langue allemande, le met en scène sous le nom de Lohengrin (voir image p. 70).
2. **Preux :** courageux, valeureux.
3. **Nef :** embarcation.
4. Des chansons de geste font du chevalier Godefroy de Bouillon, qui a combattu lors de la première croisade, un descendant du Chevalier au Cygne.
5. **Liesse :** joie.
6. **Parèrent :** revêtirent.

visage étaient tels que le seigneur l'aima plus qu'il ne l'avait jamais aimée.

La vieille marâtre cruelle et fourbe était dépitée et affligée. Elle demanda pitié à son fils, le supplia. Elle lui dit qu'il n'avait pas le droit de tuer sa mère. Le fils lui répondit qu'il ne savait plus si elle était sa mère, car il ne pouvait imaginer sa mère commettre un tel crime. Mais quand bien même elle l'était, sur l'âme de son père, ajouta-t-il, elle n'en serait pas quitte pour autant[1] : elle serait enfouie toute nue dans le sol, jusqu'à la fin de ses jours, comme la fée l'avait été. On ne la ressortirait jamais de là, même si cela la mutilait[2].

Elle prit la place de la fée et elle subit les mêmes souffrances dans la fosse qu'elle avait fait creuser pour autrui, et ce ne fut que justice.

1. **Elle n'en serait pas quitte pour autant :** elle ne s'en tirerait pas comme cela.
2. **La mutilait :** abîmait définitivement des parties de son corps.

Miniature du XVe siècle, Biblioteca Ricciardiana, Florence.

La Vieille qui graissa la patte au chevalier

Fabliau anonyme

Je vais vous raconter, pour vous amuser, l'histoire d'une vieille femme.

D'après ce que j'ai lu, elle avait deux vaches et le lait qu'elle en tirait lui assurait sa subsistance[1]. Un jour ses vaches s'échappèrent toutes deux. C'est le prévôt[2] qui les retrouva et les ramena chez lui. Quand la vieille femme l'apprend, elle se rend chez lui sans plus attendre, pour qu'il lui rende ses bêtes. Elle le supplie, en vain[3] : le prévôt, qui est un fourbe, ne veut rien entendre.

---

1. **Sa subsistance :** de quoi vivre.
2. **Prévôt :** personne exerçant des pouvoirs financiers, administratifs et judiciaires au nom d'un seigneur.
3. **En vain :** inutilement.

Il lui dit :

« Par ma foi, belle vieille, il vous faudra d'abord payer l'écot[1] avec les bons deniers[2] qui dorment dans votre pot ! »

La bonne femme s'en retourna alors, tête basse, triste et accablée. Elle rencontra Hersant sa voisine et lui raconta sa mésaventure. Hersant évoqua alors le nom d'un chevalier. Elle lui conseilla d'aller parler à ce beau seigneur, poliment et calmement : si elle lui graissait la patte[3], il lui ferait rendre ses vaches sans avoir à payer quoi que ce soit en échange.

La bonne vieille, qui n'y voit ni filouterie ni malice[4], part chercher un morceau de lard et va trouver directement le chevalier, qui se tenait devant chez lui. Il avait, par hasard, croisé les mains dans le dos. La vieille femme s'approche par-derrière et lui frotte la paume de la main avec son lard. Quand le chevalier sent le gras sur sa main, il se tourne vers la vieille et lui dit :

« Bonne femme, que fais-tu donc ?

1. **Payer l'écot :** payer votre part.
2. **Deniers :** sous. Le denier est une unité monétaire au Moyen Âge.
3. **Graissait la patte :** au sens figuré, donnait de l'argent pour obtenir une faveur en échange. Cette expression populaire est toujours en usage aujourd'hui.
4. **Qui n'y voit ni filouterie ni malice :** qui n'y voit aucun mal.

– Sire, par pitié, au nom de Dieu, on m'a dit de venir vous voir et de vous graisser la paume[1]. Et si je réussis à le faire, je récupérerai mes vaches sans devoir rien débourser.

– Celle qui t'a proposé d'agir ainsi voulait dire tout à fait autre chose ! Mais tu n'y perdras rien pour autant. Je te ferai ramener tes vaches et je te laisse, en plus, libre accès à l'herbe du pré ! »

La morale de cette histoire vise les hommes riches et haut placés qui sont fourbes et menteurs. Ils vendent leur savoir et leur parole, et n'ont aucun sens de la justice. La seule chose qui les intéresse, c'est s'accaparer le bien d'autrui. Le pauvre n'a pas d'autre droit que de donner[2].

1. **Paume :** intérieur de la main.
2. Allusion aux nombreuses taxes seigneuriales qui étaient prélevées par le seigneur sur les habitants de son domaine.

Miniature tirée des *Chroniques* de Jean Froissart,
vers 1470, The British Library, Londres.

Le Chevalier qui retrouva l'amour de sa dame

Fabliau anonyme

Sans plus attendre, je vais vous raconter l'aventure d'un chevalier et d'une dame, aventure qui arriva, d'après ce que j'ai lu, il n'y a pas longtemps en Normandie.

Ce chevalier voulait faire d'une certaine dame son amante, et il se donnait beaucoup de mal pour qu'elle soit assurée qu'il l'aimait : il faisait tout ce qu'il savait devoir lui plaire. Je ne vais pas en donner ici tous les détails. Finalement, le chevalier lui fit une cour si assidue qu'un jour la dame lui adressa la parole. Elle tint à lui demander de quel droit il lui réclamait qu'elle l'aimât, alors que, de sa vie, il n'avait jamais accompli pour elle aucune prouesse, ni acte de chevalerie, qui aurait pu lui plaire et justifier qu'elle lui accordât son amour[1]. Elle ajouta sans colère, et d'un rire

1. L'amour courtois, appelé *fin'amor* au Moyen Âge, désigne un engagement qui unit l'amant à sa dame, le plus souvent hors du mariage. Cet engagement reproduit les liens de vassalité de la société féodale (voir note 2, p. 13) : la dame se comporte comme un suzerain, et le chevalier, son vassal, doit mériter ses faveurs et prouver sa fidélité.

moqueur, qu'il ne serait jamais maître de son cœur tant qu'elle ne se serait pas rendu compte, sans qu'il y ait le moindre doute, de la manière dont il portait l'écu[1] et la lance, si seulement il savait s'en servir.

« Madame, lui répondit le chevalier, ne vous offusquez pas[2] si je vous demande la permission de me battre en tournoi contre votre mari, et cela devant la porte de votre maison. Ainsi, vous pourrez assister sans peine à tout le combat. Vous pourrez ainsi voir si ma manière de porter l'écu et la lance vous convient. »

Sans aucune hésitation, la dame donna au chevalier la permission de déclencher le tournoi. Le chevalier la remercia chaleureusement et, sans perdre un instant, il se rendit chez son adversaire pour le défier en duel. Ainsi donc, rendez-vous fut pris pour le tournoi. Des chevaliers de valeur furent invités à y participer. On envoya des messagers dans tout le pays, jusque dans les coins les plus reculés, car nombreux étaient ceux qui attendaient un tel événement. Aux jour et heure dits, tous les chevaliers arrivèrent en foule. Si vous aviez vu ces nobles chevaliers fiers et intrépides[3], se rassembler pour le tournoi et, au moment de prendre le départ, revêtir leurs

1. **Écu :** bouclier.
2. **Ne vous offusquez pas :** ne vous sentez pas offensée, injuriée.
3. **Intrépides :** courageux.

hauberts[1] et lancer leurs heaumes[2] ! Chacun fut vite prêt ! Les deux chevaliers, qui étaient à l'origine du tournoi, furent les premiers en place, armés sur leurs fougueux destriers[3], prêts à rompre les lances[4]. Ils s'élancent alors, les écus bien serrés ; ils baissent les lances, lâchent les rênes et prennent de la vitesse. Ils prennent appui sur leurs étriers avec panache[5], les lances se brisent et volent en éclats. Ils ne s'épargnent rien : le combat se poursuit à l'épée et chacun fait du mieux qu'il peut. Le chevalier qui avait provoqué le mari de la dame et avait juré sur son âme qu'il voulait jouter[6] avec lui, quelles qu'en soient les conséquences pour l'un et l'autre, fait jaillir sa monture, plus rapide que la flèche parfaitement décochée de l'arc. Il emporte avec lui le mari de sa lance levée, et aucune sangle ni aucun harnais ne peuvent empêcher la chute : cavalier et monture tombent, ensemble, à terre. Quand la dame se rendit compte qu'il était arrivé malheur à son mari, elle eut des sentiments partagés : elle se sentait, d'un côté, affligée, et d'un autre, satisfaite que son soupirant ait aussi bien réussi.

1. **Hauberts :** cottes de mailles, qui recouvrent le torse, mais aussi le cou et la tête.
2. **Heaumes :** casques de tournoi dont la seule ouverture est une fente au niveau des yeux.
3. **Fougueux destriers :** vifs chevaux de combat.
4. **Rompre les lances :** engager le combat pour un duel à la lance.
5. **Avec panache :** avec fière allure.
6. **Jouter :** se battre à la lance en combat singulier lors d'une joute.

Le tournoi avait bien commencé pour tous quand un événement tragique et malheureux les accabla : un chevalier trouva la mort[1]. Je ne peux pas en expliquer les circonstances, mais tout le monde en fut atterré et bouleversé. On l'ensevelit sous un orme[2]. Ensuite, comme il était tard, le tournoi s'acheva et les chevaliers rentrèrent chez eux.

La dame, sans plus attendre, fait envoyer par un garde un message au chevalier : comme il veut qu'elle lui accorde son amour et qu'elle l'accepte un jour comme son amant, qu'il vienne parler avec elle le soir même ! Le chevalier, fort réjoui de cette invitation, répond qu'il ne manquerait pas ce rendez-vous, dût-on lui trancher tous les membres. Le messager repart avec cette réponse.

Le soir venu, il tardait au chevalier de se trouver à son rendez-vous. Une jeune servante guettait sa venue avec patience. Quand il arriva, il la salua et elle l'emmena dans une chambre où elle lui dit de rester jusqu'à l'arrivée de la dame. Puis, la servante quitta la pièce et partit annoncer à la dame que le chevalier l'attendait dans la chambre.

1. Les participants d'un tournoi joutent, en principe, pour vaincre leur adversaire dans un esprit sportif, qui exclut toute tentative de provoquer la mort, qui est un interdit religieux. Ils joutent « à plaisir » et non « à outrance ».
2. Le chevalier est enterré hors du cimetière. Les tournois étant condamnés par l'Église, les victimes tuées lors d'un tournoi n'avaient pas droit à une tombe chrétienne.

« C'est bien vrai ?

– Oui, Madame, sur mon âme !

– Eh bien, dit la dame, je m'y rendrai dès que mon mari sera couché. »

Le chevalier, de son côté, trouvait le temps long, car la dame mettait du temps à venir, et n'en pouvant plus, il ne put s'empêcher de se coucher et s'endormit : il était très fatigué d'avoir passé sa journée à porter des armes[1]. Dès que ce fut possible, la dame, inquiète d'avoir tant tardé, se dépêcha d'aller le rejoindre. Elle s'aperçoit alors qu'il dort, il n'y a aucun doute. Elle ne le secoue pas, ni ne le remue : elle s'en retourne sur-le-champ, et appelle sa femme de chambre.

« Va vite, dit-elle, ne perds pas une minute ! Va dire à ce chevalier de s'en aller immédiatement ! »

La jeune servante lui demanda quelle en était la raison. Et la dame lui répondit :

« Je veux bien te le dire : il dort !

– Par l'âme de Dieu, je crois bien que vous avez tort, fait la servante.

– C'est toi qui dis n'importe quoi, idiote ! C'est qu'il aurait dû veiller toute la nuit pour espérer un seul baiser d'une telle dame que moi ! Et ce qui me chagrine, c'est que, s'il m'aimait, il n'aurait jamais dû agir ainsi, même

1. L'équipement d'un chevalier pesait environ trente kilos.

si on lui avait offert cent livres[1]. Allez ! Va le renvoyer immédiatement ! »

La servante se retire et va trouver le chevalier, qui dormait sur son coude. Elle s'approche, le remue un peu. Ce dernier saute, d'un bond, sur ses pieds :

« Vous voilà, Madame ! Approchez ! Vous en avez mis du temps !

– Vous m'avez saluée pour rien, seigneur, lui dit la servante. Vous allez apprendre une drôle de nouvelle ! C'est ma maîtresse qui m'a envoyée ici. Elle est couchée à côté de son mari. Elle me charge de vous dire de ne plus avoir l'audace ou l'impudence[2] de vous trouver en aucun lieu où elle pourrait être présente.

– Quoi, Mademoiselle ? Pourquoi donc ? Dites-le-moi !

– Je vais vous le dire : vous n'auriez pas dû vous endormir là où vous aviez la chance d'attendre une si noble dame que ma maîtresse, si belle et si brillante, dont la délicatesse et le mérite n'ont pas d'égal !

– Mademoiselle, répondit le chevalier, sur mon âme, j'ai mal agi, c'est vrai. Mais je vous prie, en toute charité[3], de me donner la permission de me rendre où ma dame est couchée avec son mari. Sachez bien que je n'ai jamais désiré rien d'autre que cela !

1. **Livres :** monnaie utilisée au Moyen Âge.
2. **Impudence :** impertinence.
3. **Charité :** générosité.

– Ma foi, je vous l'accorde volontiers, conclut la servante. »

Tout content de cette réponse, sans perdre un instant, il se précipite dans la chambre. C'est qu'il n'avait pas la gangrène[1] aux jambes celui-là !

Dans la chambre, une lampe, que l'on avait coutume de laisser toujours allumée, brûlait. Le chevalier avance à tâtons et arrive près du lit, d'où il se tient à une certaine distance, l'épée dégainée. Le mari, qui l'avait aperçu, écarquille les yeux pour mieux voir. Le chevalier ne bouge pas d'un pouce.

« Qui êtes-vous ? Que faites-vous là ? »

Le chevalier, qui voulait agir sans délai, répondit :

« Regardez ! Je suis le chevalier que vous avez vu mort ce matin. Vous devez bien vous en souvenir.

– Je le sais bien ! Qu'est-ce qui vous amène ?

– Mon seigneur, je suis une âme en peine[2], et mon âme ne sortira jamais d'ici, tant que cette dame qui est couchée à vos côtés ne m'aura pardonné, si elle le veut bien, une seule faute, une seule, que j'ai commise de mon vivant. Que le Dieu du ciel vous accorde honneur, joie et richesse. Priez-la pour qu'elle me pardonne, puisque je viens de vous dire la raison de ma venue ici.

1. **Gangrène :** infection très sévère qui se propage et conduit souvent à l'amputation.
2. Cette expression est à comprendre au sens propre : au Moyen Âge, on pensait que les morts enterrés sans sépulture chrétienne étaient voués à errer pour toujours et à venir hanter les vivants sous la forme de fantômes.

– Dame, dame, fit le mari alors. Si vous êtes irritée, fâchée ou en colère envers ce chevalier, pardonnez-lui, je vous en conjure[1] ! Que cette âme s'en aille d'ici !

– Je n'en ferai rien, répondit la dame. Vous vous tourmentez[2] pour rien, car il ne s'agit que d'un fantôme ou d'une autre bête qui vient nous terroriser la nuit.

– Mais non, je n'en crois rien !

– Surtout n'en doutez pas, mon seigneur, intervint le chevalier, je crois en Dieu et en sa mère[3] !

– Par la foi que vous devez au Saint Père[4], chevalier, dit le mari, d'où viennent la colère et la rancœur[5] de cette dame envers vous ?

– Mon Seigneur, en vérité, je ne le dirai surtout pas, car j'en souffrirais encore bien plus, si je le disais.

– Vous serez alors pardonné, chevalier, fit la dame. Je ne veux pas vous faire souffrir davantage.

– Merci, ma douce amie : je n'en demande pas plus. »

Et le chevalier s'en alla sans plus attendre : il avait bien arrangé son affaire ! Mais s'il n'avait pas agi ainsi, il n'aurait jamais eu l'amour qu'il venait de retrouver.

---

1. **Conjure :** supplie.
2. **Tourmentez :** inquiétez.
3. Le chevalier affirme sa foi pour réfuter l'explication de la dame, car le fantôme était considéré comme un être maléfique que l'on pensait pouvoir chasser par des prières et des formules religieuses.
4. **Saint Père :** Dieu.
5. **Rancœur :** haine.

Pierre d'Alphonse, qui a été le premier à écrire et à composer ce fabliau, ne l'a fait que pour délivrer un enseignement à ceux qui pourraient en parler, s'ils trouvaient une histoire comparable.

***Lancelot et Guenièvre*, miniature du XIVe siècle, Bnf, Paris.**

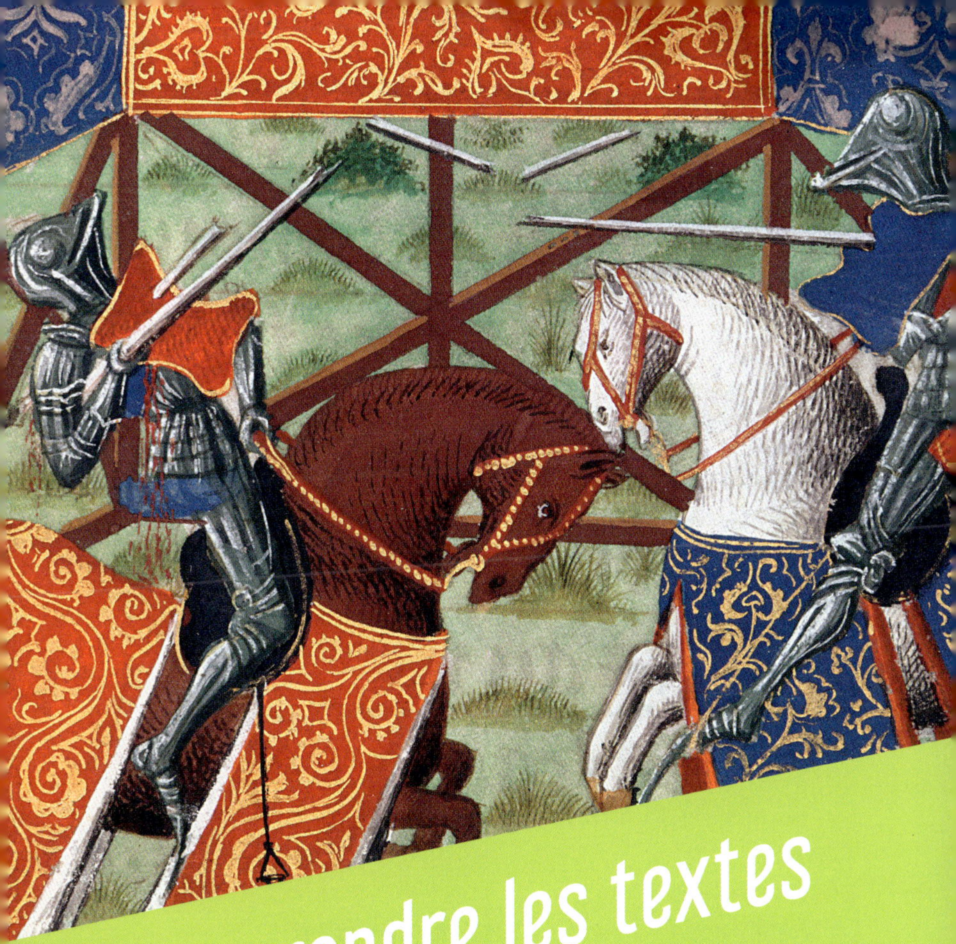

Comprendre les textes

Vérifier sa compréhension des textes

Répondez aux questions suivantes.

Bisclavret

1. En quoi Bisclavret se transforme-t-il chaque semaine ?
2. Qui trahit Bisclavret ?

Lanval

3. De quel roi Lanval est-il le chevalier ?
4. Qui cause le malheur de Lanval ?

Le Conte des enfants-cygnes

5. Où la rencontre du damoiseau avec la fée a-t-elle lieu ?
6. Pourquoi les six frères ne peuvent-ils pas retrouver leur forme humaine ?

La Vieille qui graissa la patte au chevalier

7. Qui vole les vaches de la vieille femme ?
8. À qui la vieille femme demande-t-elle de l'aide ?

Le Chevalier qui retrouva l'amour de sa dame

9. Pourquoi le chevalier participe-t-il au tournoi ?
10. Que fait croire le chevalier au mari de la dame ?

Donner ses impressions de lecture

1. Parmi les adjectifs proposés, quels sont ceux qui vous semblent le mieux caractériser les récits que vous venez de lire ? Expliquez pourquoi. Vous pouvez associer un ou plusieurs adjectif(s) à chaque récit.

   drôle — effrayant — énervant — étonnant — triste

2. Indiquez pour chaque récit votre personnage préféré. Choisissez l'un d'eux et dessinez-le.

3. Quel est le chevalier que vous avez préféré ? Pourquoi ? Partagez votre choix à l'oral avec l'ensemble de la classe.

4. Par groupes de deux élèves, choisissez cinq mots qui caractérisent les qualités des chevaliers dans les récits, puis construisez un nuage de mots sur le site www.nuagedemots.co.

5. Quel(s) aspect(s) du Moyen Âge représentés dans les récits vous ont surpris(e) ?

6. Faites votre top 5 des récits de cette anthologie en les classant selon votre préférence. Justifiez votre classement.

Analyser les textes

Texte 1 Bisclavret (p. 13-25)

→ Grâce à quelles qualités le chevalier fait-il face à la trahison ?

1. Pourquoi l'épouse de Bisclavret le trahit-elle ? Choisissez dans la liste suivante les sentiments qui expliquent cette trahison.

colère	dégoût	haine	peur

2. **a.** Comment le roi nomme-t-il le comportement du loup, page 19 ? Donnez un adjectif de la même famille que ce nom.

   b. Faites la liste des comportements grâce auxquels le loup est intégré à la cour du roi, pages 19 à 20, et classez-les selon qu'ils appartiennent à des comportements d'homme ou d'animal.

Comportements d'homme	Comportements d'animal

3. **a.** LANGUE Quels types de phrases le roi emploie-t-il, page 19, pour s'adresser à ses compagnons ?

   b. D'après vous, que veut ainsi exprimer le roi ?

4. Comment Bisclavet retrouve-t-il sa place de chevalier ? Comment la dame est-elle punie de sa trahison ?

Étymologie L'adjectif «merveilleux» vient du nom latin ***mirabilia***, qui signifie «phénomènes étonnants».

Texte 2 Lanval (p. 27-44)

→ Comment le chevalier est-il mis à l'épreuve par sa dame?

1 a. Selon vous, page 28, pour quelle raison Lanval est-il désespéré?

b. Quels signes font comprendre au chevalier qu'il fait une rencontre surnaturelle, pages 28 à 29.

2 Relisez la description, pages 29 à 30, lignes 47 à 56. Choisissez ensuite l'un des parcours suivants et répondez aux questions.

Parcours 1 ★

Relevez deux adjectifs qui caractérisent la beauté de la jeune femme.

Parcours 2 ★★

a. Relevez deux adjectifs et une comparaison qui caractérisent la beauté de la jeune femme.

b. À quel type de personnage merveilleux vous fait-elle penser ?

Parcours 3 ★★★

a. Relevez le champ lexical de la beauté et deux comparaisons qui caractérisent la jeune femme.

b. Relevez tous les éléments qui évoquent la richesse.

c. Quel type de personnage merveilleux est décrit dans ce passage? Quel autre portait de ce personnage le confirme ?

3 Quels personnages féminins mettent la fidélité de Lanval à l'épreuve? De quelle manière?

4 Quelles étapes, annoncent l'arrivée de la dame de Lanval, pages 39 à 42? Justifiez votre réponse en comparant les trois portraits féminins de ce passage.

5 Où Lanval choisit-il de se rendre à la fin du récit? Qu'évoque ce lieu?

Texte 3 Le Conte des enfants-cygnes

(p. 45-73)

→ Comment la vérité se manifeste-t-elle au chevalier ?

1 Complétez le schéma narratif du conte en replaçant dans l'ordre chronologique les étapes du récit proposées ci-dessous.

a. Le châtiment de la belle-mère
b. La rencontre avec la fée
c. Le vol des chaînes d'or
d. Les cygnes sur l'étang du château
e. L'enlèvement des enfants
f. Un jeune chevalier passionné de chasse
g. Le châtiment de la fée
h. Les enfants reconnus par le seigneur

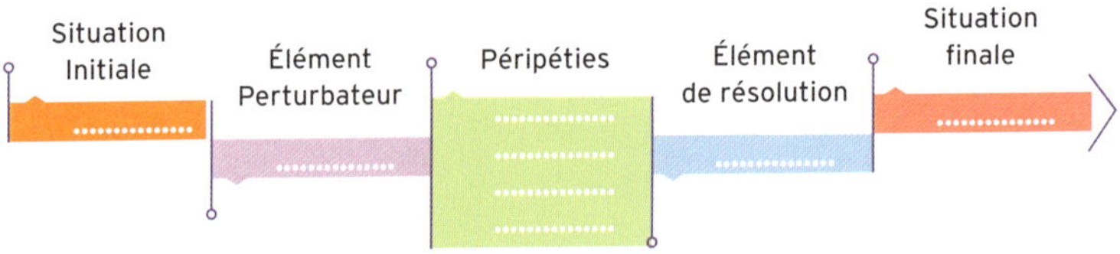

2 **a.** Où grandissent les enfants du seigneur et de la fée ? Pour quelle raison ?
b. Que se passe-t-il pendant ce temps au château ?

3 À quoi sert la chaîne d'or que la fée et ses enfants portent au cou ?

4 **a.** Dans quelles circonstances le seigneur est-il amené à découvrir la trahison de sa mère ?
b. Quelle portée la formule suivante donne-t-elle au conte ?

> « Qu'une bonne action ou une mauvaise action soit cachée, même depuis longtemps, elle finira toujours par être mise au jour. » (p. 68, l. 405-407)

Textes 4 et 5 La Vieille qui graissa... (p. 75-77)

Le Chevalier qui retrouva... (p. 79-87)

→ Quelle image du chevalier les fabliaux donnent-ils ?

1 a. LANGUE Dans le premier fabliau, que sous-entend le chevalier lorsqu'il dit à la vieille femme :

« Celle qui t'a proposé d'agir ainsi voulait tout à fait dire autre chose » ? (p. 76, l. 31-32)

b. Justifiez votre réponse.

2 Par groupes de deux élèves, mettez en scène devant vos camarades la rencontre entre la vieille femme et le chevalier.

3 a. De quelle qualité le chevalier fait-il preuve dans ce fabliau ? À quel autre personnage son comportement s'oppose-t-il ?

b. À quelle expression française le comportement du chevalier vous fait-il penser ? Vous pouvez vous aider d'un dictionnaire.

Aller au diable	Protéger la veuve et l'orphelin	Promettre monts et merveilles

4 Dans le second fabliau, pour quelles raisons le chevalier souhaite-t-il se battre en duel ? Obtient-il ce qu'il souhaite à la fin du fabliau ? Comment comprenez-vous cette fin ?

5 LANGUE Relevez le champ lexical de la chevalerie, pages 80 à 82.

6 Faites la liste de toutes les situations comiques qui ridiculisent le chevalier et le mari de la dame.

Comprendre les enjeux des textes

La société médiévale

1 Associez les thèmes suivants qui évoquent la vie au Moyen Âge aux récits dans lesquels ils sont développés.

La cour du roi •

La féodalité •

L'amour courtois •

- *Bisclavret*
- *Lanval*
- *Le Conte des enfants-cygnes*
- *La Vieille qui graissa la patte au chevalier*
- *Le Chevalier qui retrouva l'amour de sa dame*

2 Relevez les activités auxquelles les seigneurs se livrent dans les deux lais et dans le conte (p. 13-73).

3 Quels récits présentent un aperçu de la manière dont on rendait la justice au Moyen Âge ?

La figure du chevalier

4 Relevez dans les deux lais (p. 13-44) les différentes situations montrant les liens de vassalité entre le chevalier et son suzerain.

5 Quelles activités du chevalier les récits mettent-ils en valeur ? Choisissez l'une d'elles et faites des recherches pour préparer un court exposé que vous présenterez à la classe.

Méthode

Commencez votre exposé en partant du récit, puis présentez le résultat de votre recherche documentaire.

6 Faites la liste de tous les personnages féminins rencontrés par les chevaliers dans les différents récits et classez-les.

Personnages féminins bienveillants	Personnages féminins malveillants

7 LANGUE Dans les deux lais et le conte (p. 13-73), relevez les expansions du nom qui caractérisent les qualités du chevalier. Présentez votre relevé sous la forme d'une carte mentale à l'aide du logiciel Framindmap®.

La présence du merveilleux

8 Quels sont les éléments merveilleux évoqués dans les différents récits ? Classez-les dans le tableau suivant.

Personnages	Objets	Situations

9 Quels sont les points communs entre la fée du lai de *Lanval* (p. 27-44) et celle du *Conte des enfants-cygnes* (p. 45-73) ?

S'exprimer à l'oral et à l'écrit

Vocabulaire

1 À l'aide d'un dictionnaire, cherchez l'intrus dans chacune des listes de mots suivantes.

a. courtois • fourbe • généreux • intrépide • preux

b. indigent • luxueux • magnifique • majestueux • somptueux

c. fidélité • loyauté • respect • sincérité • trahison

2 Classez les mots suivants dans le tableau ci-dessous en fonction des types d'activités du chevalier auxquels ils font référence.

cor · limier · heaume · écu · cotte de mailles · faucon

La chasse	Le combat

3 Retrouvez dans quel sens les mots prodige et merveille sont employés dans les phrases suivantes.

Vous réussissez à merveille ! •	• Phénomène surnaturel
L'apparition de cette créature est un prodige. •	• Phénomène incroyable
Cette figure acrobatique tient du prodige ! •	• Situation parfaite

4 De quels noms, couramment utilisés au Moyen Âge, viennent les termes « madame » et « monsieur » ? Appuyez-vous sur les notes de bas de pages des deux lais (p. 13-44) pour répondre.

5 Observez attentivement cet extrait des premières lignes de *Bisclavret* en ancien français et en français moderne, puis répondez aux questions suivantes.

Ancien français

Jadis le poeit hume oïr
E sovent suleit avenir,
Hume plusur garval devindrent.
E es boscages meisun tindrent.
Garvalf, ceo est beste salvage :
Tant cum il est en cele rage,
Hummes devure, grant mal fait,
Es granz forez converse e vait.

Français moderne

Jadis, on entendait raconter que, fréquemment, des hommes se transformaient en loups-garous et vivaient dans les bois. Le loup-garou est une bête sauvage : lorsqu'il est possédé par cette rage, il dévore les hommes et répand le malheur autour de lui. Il vit et rôde dans la profondeur des forêts.

a. Repérez quatre mots dans le texte en ancien français que l'on retrouve sans changement dans la traduction en français moderne.

Coup de pouce En ancien français, l'orthographe des mots n'est pas fixe et l'ordre des mots est très souple.

b. Indiquez les deux orthographes des mots suivants que l'on retrouve dans le texte en ancien français.

Hommes		
Loup-garou		

c. Relevez le mot en ancien français qui signifie « entendre » (l. 1) et cherchez un nom de la même famille en français moderne.

d. Cherchez dans la traduction comment s'écrit en français moderne le mot « beste », qui vient du latin *bestia*. Quelle trace de son étymologie ce mot garde-t-il ?

Activités orales

6 Imaginez que vous êtes un trouvère qui arrive à la cour d'un seigneur. Vous devez raconter oralement l'un des trois premiers récits de l'ouvrage (lais ou conte) de manière à captiver vos auditeurs. Si l'un de vos camarades est musicien, il pourra vous accompagner.

Méthode Notez d'abord les étapes essentielles de chaque récit et mémorisez-les.

7 Par groupes de deux élèves, vous allez mettre en scène différentes situations.

- Tirez au sort l'une des deux expressions suivantes : « Prendre des gants »/« Passer l'éponge ».
- Cherchez ensuite le sens propre et le sens figuré de l'expression.
- Imaginez enfin une situation mettant en scène deux personnages : l'un d'eux prendra, de manière inappropriée, l'expression au sens propre ; l'incompréhension aura pour but de créer un effet comique.

8 Inventez un autre développement au fabliau *Le Chevalier qui retrouva l'amour de sa dame*.

- Imaginez que le chevalier du fabliau ne soit pas vainqueur du duel avec le mari de la dame et qu'il se présente devant elle après le tournoi.
- Par groupes de deux élèves, inventez un dialogue dans lequel le chevalier, ridiculisé par la Dame, cherchera une astuce pour retourner la situation à son avantage.
- Lisez à haute voix votre dialogue à la classe.
- Choisissez le dialogue dans lequel le chevalier réussit le mieux à sauver la situation et justifiez la raison de votre choix.

Activités écrites

9 Décrivez la métamorphose de Bisclavret en loup, qui n'est pas racontée dans le récit.

- Insistez sur les étapes de la transformation physique.
- Votre description devra provoquer l'effroi du lecteur.
- Commencez votre description par : « À peine Bisclavret avait-il caché ses vêtements dans la pierre creuse... ».

10 Inventez un lai dont le personnage principal sera un chevalier.

- Rendez-vous sur le site de la BnF à la page suivante : http://expositions.bnf.fr/arthur/pedago/page1.htm
- Suivez les étapes proposées sur le site pour préparer les ingrédients de votre récit.
- Notez au brouillon l'ensemble des ingrédients.
- Organisez votre récit au brouillon en suivant le schéma narratif.
- Rédigez votre récit en développant les éléments merveilleux.

11 Relisez la fin du fabliau *Le Chevalier qui retrouva l'amour de sa dame*. À vous d'imaginer la morale de ce fabliau en une phrase.

- Choisissez le point de vue d'un personnage : le chevalier, la dame ou le mari.
- Inventez la morale du fabliau qui correspond au point de vue du personnage que vous avez choisi.
- Utilisez le présent de vérité générale.

Lecture d'images

Observez attentivement les images des pages 12, 26, 78, 87 et répondez aux questions suivantes.

La représentation du chevalier au Moyen Âge

1. Quelle est la nature de ces images ? Justifiez votre réponse en identifiant leur support. Aidez-vous des « Repères » (p. 6).
2. **a.** Dans quelles situations le chevalier se trouve-t-il ?
   b. Relevez dans les images p. 12, 78 et 87, les détails physiques qui caractérisent les chevaliers.
3. Quelles sont les deux couleurs dominantes dans l'image de la page 78 ? Que permettent-elles d'opposer ?
4. Comparez ces images du Moyen Âge aux peintures du XIXe siècle des pages 43 et 49 : de quelle manière les artistes ont-ils réussi à évoquer le Moyen Âge dans leurs œuvres ?

À vous de jouer !

Réalisez votre page de manuscrit

Étape 1 Parmi l'un des récits de cette anthologie, choisissez un passage court qui vous a particulièrement marqué(e).

Étape 2 Rendez-vous sur le site « Pictor » : http://pictor.irht.cnrs.fr/fr/result. Saisissez le premier mot de votre extrait et choisissez une lettrine parmi les enluminures proposées.

Étape 3 Enregistrez votre choix en cliquant sur « Générer » et imprimez la lettrine.

Étape 4 Collez cette lettrine sur une feuille. Recopiez ensuite votre passage autour de la lettrine et imaginez sous votre texte une petite miniature qui illustrera le passage.

Atelier cinéma

Bisclavret d'Émilie Mercier

Année de sortie : 2011
Images : couleur
Genre : court-métrage d'animation

La réalisatrice

Émilie Mercier est scénariste et décoratrice d'animation. Cette adaptation cinématographique de *Bisclavret* est son premier film en tant que réalisatrice et a reçu de nombreux prix.

Visionnez la séquence

Un univers médiéval

Dans son court-métrage, Émilie Mercier s'inspire de **la technique du vitrail** médiéval pour adapter le lai en film d'animation : les personnages et les décors sont peints sur du papier, puis scannés pour être ensuite animés par un programme informatique. **La séquence d'introduction du lai est présentée sous la forme de six plans fixes.**

1. À quels indices voit-on que la réalisatrice s'est inspirée de l'art du vitrail ? Justifiez votre réponse en comparant les premiers plans (images fixes) du film à l'image de la page 18.

2. Donnez un titre à chacun des six premiers plans du film.

3. Comparez la technique d'animation d'Émilie Mercier à celle de Michel Ocelot, en observant le photogramme du film *Loup-garou* (p. 23) : quelles en sont les différences ?

Pour les fans de cinéma
Rendez-vous à l'adresse suivante pour découvrir le *making-of* d'Émilie Mercier :
http://bisclavretfilm.blogspot.com.

Lycaon, ancêtre de Bisclavret ?

Le loup est un animal central dans les mythes et légendes de l'Antiquité. Le thème de la métamorphose en loup est développé au début du Ier siècle par le poète latin Ovide, dans les *Métamorphoses*, à travers le personnage de Lycaon.

Jupiter, le roi des dieux dans la mythologie romaine, raconte sa rencontre avec le roi d'Arcadie, Lycaon. Celui-ci est un homme cruel qui met en doute la nature divine de Jupiter, au point de le mettre à l'épreuve : après avoir tenté de l'assassiner, il lui sert un repas de chair humaine. Furieux et horrifié, Jupiter lance sa foudre et détruit le palais de Lycaon, qui s'enfuit dans les bois.

Lycaon s'enfuit, épouvanté. Il veut parler, mais en vain : seuls des hurlements troublent le silence de la campagne ; toute la rage qu'il avait dans le cœur se concentre dans sa bouche, et, constamment affamé de carnage, il déchaîne sa folie meurtrière contre les troupeaux. Ainsi tire-t-il toujours son plaisir du sang qu'il fait couler. Ses vêtements se changent en poils ; ses bras deviennent des jambes. C'est désormais un loup cruel, mais il a conservé quelques restes de son ancienne forme : la couleur grisonnante de ses cheveux est restée dans son poil ; le même air farouche, les mêmes yeux qui lancent des flammes : tout en lui respire cette férocité qui lui était naturelle.

25 Métamorphoses d'Ovide, trad. revue et adaptée par Annie Collognat,

Texte d'origine

Territus ipse fugit nactusque silentia ruris
exululat frustraque loqui conatur ; ab ipso
Colligit os rabiem solitaeque cupidine caedis
Utitur in pecudes et nunc quoque sanguine gaudet.
In villos abeunt vestes, in crura lacerti ;
Fit lupus et veteris servat vestigia formae :
Canities eadem est, eadem violentia vultu,
Idem oculi lucent, eadem feriatis imago est.

Ovide, *Les Métamorphoses*, Ier siècle ap. J.-C.

1 Retrouvez dans le texte les trois étapes de la métamorphose physique de Lycaon en loup, puis complétez le tableau suivant.

	se transforme(nt) en...
Étape 1	La voix → ....
Étape 2	Les vêtements → ....
Étape 3	Les bras → ....

2 Faites la liste de tous les indices montrant la férocité de Lycaon : selon vous, comment s'explique-t-elle ?

3 Qu'est-ce qui différencie Lycaon, le loup-garou antique, de Bisclavret, le loup-garou médiéval (p. 13-25) ?

4 LANGUE **a.** Retrouvez dans le texte latin les noms qui signifient « du sang » et « un loup » en français. Expliquez ce qui vous fait rapprocher les noms latins des noms français.

b. Trouvez deux adjectifs français dans lesquels on retrouve le radical du nom latin qui signifie « sang ».

Étymologie En grec ancien, « loup » se dit **λύκος** (lucos).
Le nom commun **λυκάων** (lycaon) est une forme abrégée de **λυκάνθρωπος** (lucanthropos) et signifie « loup-garou ».

L'espion troyen Dolon vêtu d'une peau de loup, vers 460 av. J.-C., lécythe à figures rouges, musée du Louvre, Paris.

Retenir l'essentiel

Des personnages types

LES CHEVALIERS

Dans cet ouvrage, les chevaliers s'adonnent à différentes **activités caractéristiques de leur rang** dans la société : **combat (tournoi), chasse, banquets…** Mais on les voit aussi **faire la cour auprès de leur dame. La relation avec le roi** est très souvent évoquée (*Bisclavret*, *Lanval*). Les chevaliers font preuve de **qualités essentielles : loyauté** (*Bisclavret*), **noblesse** (*Le Conte des enfants-cygnes*), **courtoisie** (*Lanval*), **générosité** (*La Vieille qui graissa la patte au chevalier*). Mais le chevalier peut être aussi **objet de moquerie** (*Le Chevalier qui retrouva l'amour de sa dame*).

LES DAMES

Les dames sont des femmes nobles, épouses d'un seigneur ou d'un roi. Elles représentent **la femme aimée du chevalier**, « son amie » ou « sa dame », avec laquelle il échange des promesses d'amour réciproques. Elles peuvent **mettre à l'épreuve le chevalier**, et aussi être **des personnages malfaisants** (l'épouse qui trahit son mari dans *Bisclavret* ou la marâtre dans *Le Conte des enfants-cygnes*).

LES ARTISANS

Artisans et commerçants participent au développement économique de la société médiévale et constituent **la bourgeoisie** (qui habite le « bourg », c'est-à-dire la ville). L'orfèvre du *Conte des enfants-cygnes* est un exemple de **la population urbaine qui se développe au Moyen Âge.**

LES PAYSANS

Dans le fabliau *La Vieille qui graissa la patte au chevalier*, les personnages de la vieille femme et de sa voisine Hersant incarnent **deux aspects du monde paysan** : la vieille femme, volée par le prévôt, qui se montre naïve, et la voisine qui fait preuve de perspicacité. **La pauvreté du monde paysan** est aussi évoquée dans ce fabliau, où les enjeux économiques sont essentiels : sans ses vaches, la vieille ne peut subvenir à ses besoins.

LA FÉE

La fée est un personnage extraordinaire que l'on reconnaît à sa beauté hors du commun. Son arrivée est signalée par **sa splendeur** et **sa richesse**. Elle possède **des pouvoirs magiques**, comme celui d'exaucer des vœux ou de se métamorphoser. Dans les récits de cet ouvrage, **les fées attirent les chevaliers auprès d'elles** : Lanval est emmené par les servantes auprès de la fée et, dans *Le Conte des enfants-cygnes*, c'est l'**apparition surnaturelle d'un cerf blanc** qui amène le jeune seigneur à découvrir la fée qui se baigne à la fontaine. **Le monde des fées est représenté par l'île d'Avalon.**

LE LOUP-GAROU

Le loup-garou est un personnage extraordinaire courant dans l'imaginaire médiéval. Mais Bisclavret s'avère être un cas de **loup-garou particulier** : il n'est **pas dangereux** et garde **toutes ses facultés et qualités d'être humain** une fois devenu loup. Sa **métamorphose** en homme n'est possible que s'il retrouve ses vêtements, qu'il cache dans une pierre creuse.

Entre réel et merveilleux

LA FORÊT

La forêt, lieu de la chasse, est aussi un lieu mystérieux où se manifeste le merveilleux : le roi y rencontre **le loup-garou Bisclavret** et, dans le conte, le jeune seigneur y découvre **la fée** près d'une fontaine naturelle.

LE JARDIN

Au Moyen Âge, **le jardin d'agrément est un espace très codifié** : c'est **le lieu privilégié de la rencontre amoureuse et de la courtoisie.** Ainsi, par exemple, dans *Lanval*, c'est là que les chevaliers viennent se distraire avec les dames qui accompagnent la reine.

LA CAMPAGNE

Au Moyen Âge, **la campagne est l'espace des paysans**, dominé par le seigneur – comme on le voit dans le fabliau avec la vieille femme à qui le prévôt a volé ses vaches. Le fait que la paysanne ait des vaches dont elle tire de quoi vivre, montre qu'elle a cependant quelques moyens, comme le sous-entend le prévôt.

LE CHÂTEAU

Le château fort du jeune seigneur, dans *Le Conte des enfants-cygnes*, est **un domaine autour duquel toute l'activité se concentre.** Il est construit de manière à être **imprenable en cas d'attaque** et à pouvoir **abriter ceux que le seigneur protège.**

LA COUR DU ROI ARTHUR

Dans les récits, **la cour du roi Arthur n'est pas fixe : elle se déplace avec le roi.** Dans *Lanval*, elle s'installe pour un temps à Carlisle, en Écosse. **La Table ronde** autour de laquelle les meilleurs chevaliers, compagnons du roi Arthur, se réunissent en cercle symbolise **l'absence de hiérarchie entre eux.** Dans *Bisclavret*, **on voit le roi voyager avec sa cour** dans la région où vit le chevalier, chasser et organiser un banquet.

LA MAISON

L'espace de la maison renvoie à l'espace privé et domestique auquel a accès le chevalier dans le fabliau *Le Chevalier qui retrouva l'amour de sa dame*. La dame lui ouvre ainsi un espace dont **l'intimité est soulignée par une situation comique** : pour arriver à ses fins, le chevalier se retrouve devant le lit du mari et de son épouse.

Un reflet de la société médiévale

LA SOCIÉTÉ FÉODALE

Les récits de cet ouvrage reflètent **la hiérarchie de la société** au Moyen Âge : **le roi** (*Bisclavret*, *Lanval*) se trouve au sommet. Cette figure, à l'exemple de celle du légendaire roi Arthur, fait écho à **l'affirmation de la monarchie au cours des XIIe et XIIIe siècles.** Sous les ordres du roi, **le seigneur** (*Le Conte des enfants-cygnes*), administre son domaine autour d'un château fort. De nombreux **serviteurs** et **servantes** travaillent pour lui. Quant aux **paysans** (*La Vieille qui graissa la patte au chevalier*), ils doivent se confronter à plus puissants qu'eux à travers la figure du prévôt, chargé par le seigneur de collecter les impôts.

LA CHEVALERIE

La chevalerie est au centre des récits de cet ouvrage : **le chevalier** est un personnage essentiel, car il est **en lien avec toutes les catégories sociales**. Compagnon du roi, il affirme ses **valeurs** (**courage, courtoisie** et **respect du code de la vassalité**), de manière à prouver sa loyauté (*Bisclavet, Lanval*). Son rôle de **protecteur** et sa **générosité** sont mis en scène dans la **situation cocasse** de *La Vieille qui graissa la patte au chevalier*. Mais les codes de la chevalerie peuvent être détournés de manière à faire du chevalier **un objet de moquerie** (*Le Chevalier qui retrouva l'amour de sa dame*).

L'AMOUR COURTOIS

L'amour courtois est une conception idéalisée des relations entre un chevalier et sa dame, une femme souvent inaccessible. Différents aspects de l'amour courtois sont évoqués dans cet ouvrage. **L'engagement et la fidélité** du chevalier à sa dame sont développés à travers le thème de l'amour partagé (*Lanval*) ou du mariage (*Le Conte des enfants-cygnes*). C'est aussi à travers des situations comiques qui le ridiculisent que le chevalier éprouve cet amour courtois : le fabliau *Le Chevalier qui retrouva l'amour de sa dame* **détourne les codes de l'amour courtois.** Devenu un amant ridicule qui s'endort en attendant sa dame, il ne reste plus au chevalier qu'à imaginer un subterfuge burlesque : celui de se faire passer pour un fantôme, pour obtenir son pardon.

LE MERVEILLEUX

Dans cette anthologie, le merveilleux s'exprime aussi bien à travers **des personnages** (fées, loup-garou, enfants-cygnes) et **des situations surnaturelles** qu'à travers **la manifestation divine.** Les récits que vous venez de lire puisent à la fois leurs sources dans les **légendes celtiques**, comme **les légendes arthuriennes**, et dans le **merveilleux chrétien.** Dans *Le Conte des enfants-cygnes*, la confrontation au merveilleux amène le chevalier à mettre en péril ce qu'il a de plus précieux : sa dame, une fée qui subit la malveillance de sa belle-mère. La révélation de la vérité, conduite par la volonté divine, permet au chevalier de **faire triompher le bien.** Les croyances au surnaturel sont évoquées aussi dans *Le Chevalier qui retrouva l'amour de sa dame* à travers **la figure du fantôme.**

Bilan

La figure du chevalier au Moyen Âge :

1 Des formes littéraires variées

a. Des récits brefs

Les récits sont concentrés autour d'**une situation** ou d'**un personnage**.

b. Des personnages types

La plupart des personnages, sauf Lanval et Bisclavret, qui donnent leurs noms aux lais, sont **anonymes** et désignés par **leur fonction**.

c. Des récits d'aventures et d'amour

Dans les lais et le conte, **la noblesse** est mise en scène dans des histoires où **ses valeurs** sont mises à l'épreuve. **La morale** du conte doit servir d'exemple.

d. Des récits comiques

Les fabliaux mettent en scène des situations de **la vie quotidienne**. Ce sont **des récits satiriques** qui **se moquent des rapports entre différentes catégories sociales.**

→ Activité 1, p. 116

2 La figure du chevalier

a. Le chevalier héroïque

Le chevalier est présenté comme **un héros** dont **les valeurs positives** sont valorisées (les lais, le conte, *La Vieille qui graissa la patte au chevalier*).

b. Le chevalier ridiculisé

Le chevalier est parfois **ridiculisé** : il peut se retrouver dans **une situation comique** (*Le Chevalier qui retrouva l'amour de sa dame*).

c. Des épreuves à relever

Les aventures du chevalier l'amènent à **subir des épreuves** (combat, relations amoureuses avec sa dame) dont il triomphe.

→ Activité 2, p. 116

3 Des récits miroirs de la société médiévale

a. La féodalité
Les récits montrent **les liens de vassalité** qui fondent la société médiévale et qui reposent sur un engagement réciproque de fidélité entre le seigneur et son vassal.

b. La chevalerie
Les récits ont tous comme personnage principal **un chevalier, figure emblématique** de la hiérarchie féodale.

c. Le portrait de gens ordinaires
Dans les fabliaux, une **diversité de catégories sociales** est représentée : **des notables, des paysans, des servantes** et **des artisans.**

d. La morale chrétienne
Le **triomphe du bien sur le mal**, ou **la peur des fantômes**, rappellent la présence centrale de **la religion chrétienne** au Moyen Âge.

→ Activité 3, p. 117

4 Des récits merveilleux

a. Des personnages extraordinaires
Un loup-garou, des fées.

b. Des métamorphoses
Bisclavret devient loup trois jours par semaine. Les enfants de la fée du conte **se transforment** en cygnes.

c. Un lieu mystérieux
Les rencontres avec les personnages extraordinaires ont lieu dans **une forêt**.

d. Des objets magiques
Les vêtements de Bisclavret, les chaînes des enfants-cygnes les aident à redevenir humains.

→ Activité 4, p. 117

Bilan

À vous de jouer !

Les Six Frères cygnes, Grimm

Activité 1 **Rendez-vous à l'adresse ci-contre, lisez le conte de Grimm *Les Six Frères cygnes*, puis répondez aux questions suivantes.**

a. Retrouvez les ressemblances entre le conte de Grimm et *Conte des enfants-cygnes* en complétant le tableau ci-dessous.

Personnages	Situations

b. Pour quelle raison les frères sont-ils transformés en cygnes dans chacun des deux contes ?

Activité 2 **Retrouvez le récit qui correspond à chacune des phrases suivantes.**

a. Le chevalier défend les plus faibles. •	• **1.** *Bisclavret*
b. Le chevalier permet au bien de triompher. •	• **2.** *Lanval*
c. Le chevalier est prêt à tout pour conquérir l'amour de sa dame. •	• **3.** *Le Conte des enfants-cygnes*
d. Le chevalier doit respecter ses serments. •	• **4.** *La Vieille qui graissa la patte au chevalier*
e. Le chevalier est loyal envers son seigneur. •	• **5.** *Le Chevalier qui retrouva l'amour de sa dame*

1. a. Personnages : six frères et une sœur - un roi - une marâtre • Situations : une découverte en forêt - des enfants cachés dans une forêt - des métamorphoses en cygne - la manipulation de la marâtre - des nourrissons enlevés à leur mère, etc. **b.** Grimm : la belle-mère des six frères leur jette des chemises de soie blanche ensorcelées. - **2.** 1e • 2d • 3b • 4a • 5c.

À vous de jouer !

Activité 3 **Associez les personnages des récits à leur catégorie sociale.**

a. chevalier •
b. servante •
c. seigneur •
d. artisan •
e. paysan •
f. dame •
g. prévôt •
h. roi •

• 

noblesse

• 

peuple

Activité 4 **Cochez la bonne réponse.**

	Vrai	Faux
a. Les chaînes d'or dans *Le Conte des enfants-cygnes* sont maléfiques.	☐	☐
b. On reconnaît les fées à leur beauté extraordinaire.	☐	☐
c. Bisclavret se transforme en loup-garou.	☐	☐
d. Lanval devient subitement riche grâce au roi Arthur.	☐	☐
e. Tous les enfants du conte restent cygnes à la fin.	☐	☐

3. Noblesse : a, c, f, h • peuple : b, d, e, g. **4.** faux • vrai • vrai • faux • faux.

Évaluez-vous !

Comptez 1 point par bonne réponse et gravissez les marches du podium. Jusqu'où irez-vous ?

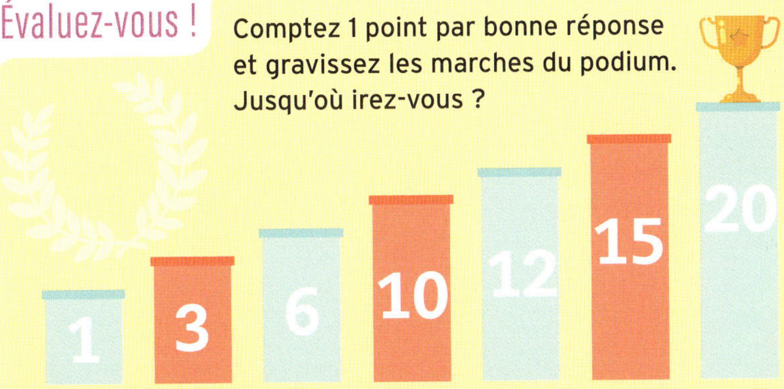

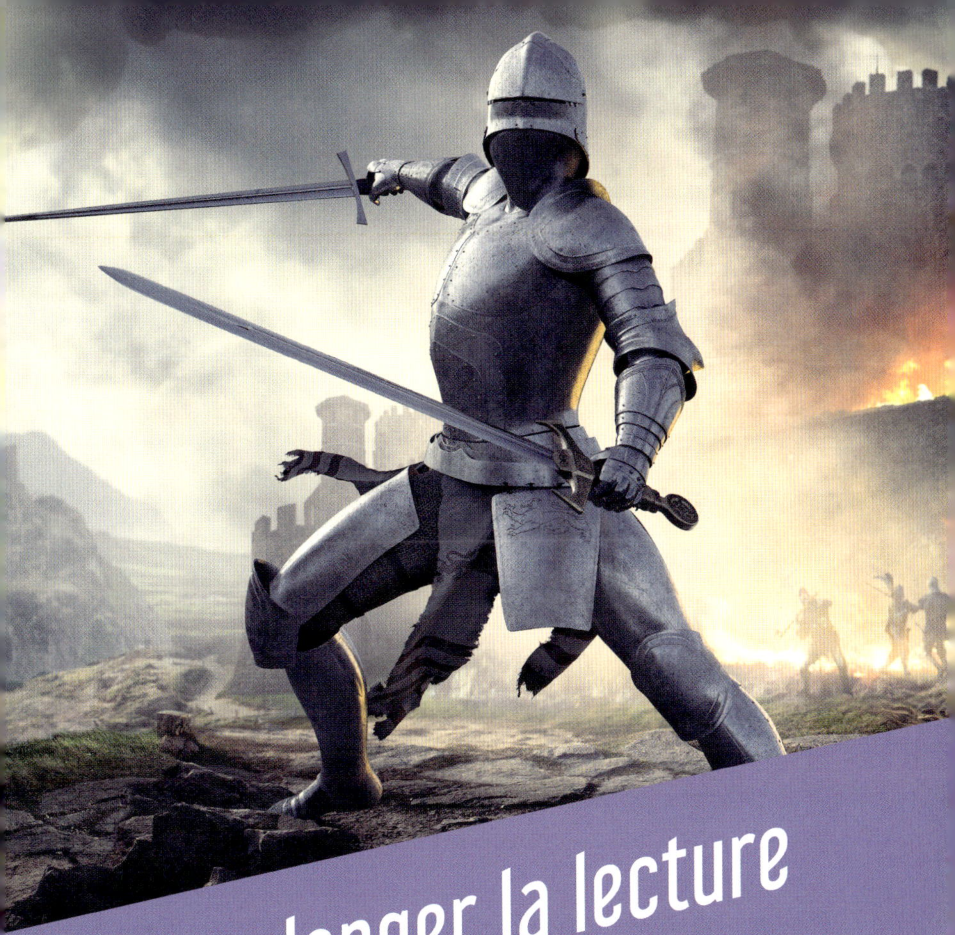

Prolonger la lecture

Le chevalier dans la *fantasy*

Des chevaliers pas comme les autres

J. R. R. Tolkien, *Le Hobbit*

J. R. R. Tolkien (1892-1973) invente le genre littéraire de la fantasy *avec* Le Hobbit. *Bilbo Bessac est un Hobbit entraîné par des Nains et le magicien Gandalf dans une aventure trépidante : il aide Thorin à reconquérir son royaume en affrontant le dragon Smaug. Bilbo et les Nains, enfermés sous la Montagne, partent explorer la salle du trésor.*

Les nains se munirent alors d'armes et d'armures trouvées dans cet arsenal. Thorin avait véritablement une allure royale dans sa cotte de mailles plaquée or, avec sa hache au manche d'argent passée dans une ceinture incrustée de pierres écarlates.

« Monsieur Bessac! appela-t-il. Voici un premier acompte sur votre récompense! Jetez votre vieux manteau et mettez ceci! »

Sur ce, il vêtit Bilbo d'une petite cotte de mailles, confectionnée pour quelque jeune prince elfe de jadis. Elle était faite d'acier-argent, que les elfes nomment *mithril*, et était assortie d'une ceinture de perles et de cristaux. Un léger casque de cuir gravé, doté d'une armature d'acier et bordé de pierres blanches, fut posé sur la tête du hobbit.

« Je me sens magnifique, pensa-t-il, mais je suppose que j'ai surtout l'air ridicule. Comme les voisins riraient s'ils me voyaient sur la Colline dans un tel accoutrement! J'aimerais quand même avoir un miroir sous la main! »

M. Bessac ne succomba tout de même pas à l'envoûtement du trésor autant que les nains. [...]

« Thorin! cria-t-il tout haut. Maintenant que fait-on? Nous sommes armés, mais a-t-on déjà vu une armure qui puisse résister à Smaug le Terrible? Ce trésor n'est pas encore reconquis. Ce n'est pas l'or que nous sommes venus chercher, mais une porte de sortie; et il ne faut pas s'en remettre trop longtemps à la chance! »

J. R. R Tolkien, *Le Hobbit* [1937], chap. 13, trad. par Daniel Lauzon, Le Livre de poche, 2015.

Des chevaliers exceptionnels

Anne Robillard, *Les Chevaliers d'Émeraude*

Dans cette saga d'Anne Robillard (née en 1955), le roi Émeraude Ier, qui règne sur le continent d'Enkidiev, décide de reformer un ordre de chevalerie qui, cinq cents ans plus tôt, a ramené la paix après une guerre contre l'Empereur Noir Amecareth. Les sept chevaliers d'Émeraude, dotés de pouvoirs magiques, sont choisis et formés parmi les enfants du royaume pour le protéger.

Les premiers enfants arrivèrent de tous les royaumes et se soumirent aux épreuves de sélection du magicien Élund. Seulement sept les réussirent et commencèrent aussitôt leurs études au château. Une fois admis, ces enfants ne pouvaient plus jamais retourner dans leurs familles, à moins d'être congédiés[1] par le magicien. L'Ordre devenait dès lors leur foyer et Émeraude, leur nom de famille. Ils n'appartenaient plus à une race ou à un royaume en particulier, ils devenaient les héritiers et les protecteurs du continent tout entier. Par contre, le roi n'ayant pas l'intention d'en faire des ermites ou des marginaux, il leur accorda le droit de se marier et d'avoir des enfants, mais seulement une fois qu'ils seraient adoubés[2] et pendant une période de leur vie où aucun Écuyer ne serait sous leur tutelle[3]. Il était entendu que si l'Ordre avait besoin d'eux, pour quelque raison que ce soit, les Chevaliers d'Émeraude devraient quitter leurs familles et servir sa cause.

Des sept premiers enfants, six garçons et une fille, quatre étaient de sang royal et trois provenaient du peuple. Ils avaient tous manifesté des talents exceptionnels dès le berceau. Certains avaient parlé presque à la naissance, d'autres avaient déplacé des objets sans les toucher ou prédit des événements importants dans leur royaume. Ils n'étaient pas des enfants ordinaires et le destin les avait choisis pour qu'ils deviennent les nouveaux Chevaliers d'Émeraude.

Anne Robillard, *Les Chevaliers d'Émeraude* [2002], tome 1, *Le Feu dans le ciel*, chap. 1, © Michel Lafon poche, 2012.

1. Congédiés : renvoyés.
2. Adoubés : devenus chevaliers, après la cérémonie d'adoubement.
3. Au Moyen Âge, les écuyers étaient de jeunes nobles au service des chevaliers, avant de devenir eux-mêmes chevaliers.

Des chevaliers au combat

Erik L'Homme, *Le Livre des Étoiles*

La trilogie* Le Livre des Étoiles *d'Erik L'Homme (né en 1967) se déroule dans un univers imaginaire où coexistent trois mondes : le Monde Certain, le Monde Incertain et le Pays d'Ys. Le héros, Guillemot de Troïl, qui vit dans le Pays d'Ys, se découvre des pouvoirs magiques auxquels le sorcier Qadehar va l'initier pour traquer les créatures maléfiques. Dans le tome 3, Guillemot a été enlevé par l'Ombre, un adversaire redoutable du Monde Incertain. Les deux cents Chevaliers de la Confrérie du Vent, avec à leur tête Qadehar, doivent le délivrer. Prise dans un guet-apens, l'armée des chevaliers affronte une horde d'Orks.

L'Ork[1] qui se précipitait sur Qadehar mesurait presque deux têtes de plus que lui. Mais il en fallait davantage pour impressionner le Maître Sorcier, qui avait déjà combattu de pires créatures dans le Monde Incertain ! Il le laissa s'approcher et, au dernier moment, esquissa un pas de côté. Pendant que le monstre abattait sa massue dans la poussière, Qadehar le frappa au ventre. Sans un regard pour son adversaire agonisant[2], il se prépara à l'attaque d'un troisième Ork. Il para un premier coup avec l'épée, sauta avec souplesse en l'air pour éviter le second ; puis, en retombant, il envoya à l'aide de tout son poids son pied contre le genou du monstre. Celui-ci se brisa net dans un craquement affreux, et l'Ork roula par terre en geignant de douleur. Le Maître Sorcier eut à peine le temps de reprendre son souffle que ses amis l'appelaient à l'aide. Partout on se battait. La réputation des Chevaliers n'était pas usurpée[3] : à un contre trois, ils luttaient vaillamment, et leurs épées étaient rouges du sang des monstres. Lorsqu'un de leurs compagnons mordait la poussière sous les coups des créatures déchaînées, leur rage augmentait et ils frappaient encore plus fort. Urien de Troïl[4], dos à dos avec

1. Les Orks sont des monstres humanoïdes effrayants, dont le visage ressemble à celui des lézards.
2. **Agonisant :** mourant.
3. **N'était pas usurpée :** était solidement fondée.
4. Urien de Troïl est un chevalier, chef du clan de Troïl, qui a l'habitude de combattre avec un autre chevalier, Valentin.

Valentin qui couvrait ses arrières, restait le plus impressionnant : l'épée dans une main, sa hache de guerre dans l'autre, la barbe poussiéreuse et l'écume aux lèvres, il envoyait à terre les Orks les uns après les autres avec une force titanesque[1]. Le Commandeur portait également des coups mortels contre les rangs ennemis. Sa poigne était froide, méthodique, précise. Les cicatrices qui zébraient son visage de vétéran[2] luisaient sous le soleil. Ambor et Bertolen, dos à dos comme la plupart des Chevaliers, habitués à combattre de concert[3], luttaient comme des lions.

Erik L'Homme, *Le Livre des Étoiles* [2003], tome 3,
Le Visage de l'Ombre, chap. 16, « Folio Junior », Gallimard Jeunesse, 2017.

1. **Titanesque :** prodigieuse.
2. **Vétéran :** ancien soldat censé être en retraite.
3. **De concert :** ensemble.

Une armure connectée

Pierre Bottero, *Les Âmes croisées*

Le roman Les Âmes croisées *de Pierre Bottero (1964-2009) se déroule à Jurilan, le Royaume des douze cités, et met en scène la jeune Nawel Heliantas, née dans la caste dirigeante des Perles. La jeune fille a choisi de rejoindre la mystérieuse faction des Armures, réunissant des guerriers redoutables chargés de la protection du Royaume. Pour Nawel, dont la formation vient de s'achever, le moment est venu de revêtir l'armure, qui lui est présentée par son maître. Loin d'être l'armure étincelante à laquelle elle s'attend, la jeune fille découvre une combinaison grise et terne.*

Nawel se résigna à se saisir de l'armure.

À son contact, elle tressaillit. Une vibration chaude caressante partie de ses doigts venait de remonter jusqu'à sa nuque. C'était comme si… C'était stupide pourtant, un bref instant, elle avait eu l'impression que l'armure était vivante.

Elle l'observa de près.

Il s'agissait bien d'une combinaison, trop grande pour elle, l'enfiler ne lui poserait aucun problème. La refermer serait plus difficile, il n'y avait ni bouton ni lacet prévu à cet usage.

Quant au rôle qu'elle serait amenée à jouer, même en se montrant optimiste, difficile de croire qu'elle arrêterait ne serait-ce qu'un coup de canif.

Consciente que sa déception était visible et peinait sans doute ses compagnons, Nawel passa les jambes dans l'armure – pourquoi appeler armure un sac pareil ? – la remonta sur ses épaules, glissa ses bras dans les manches.

Réveil.

Nawel sursauta… Retint de justesse un cri de surprise.

L'armure vibrait contre sa peau. Devenait chaude. Moelleuse. Presque onctueuse.

Premiers ajustements après mise en veille totale.

Nouveau sursaut. Accompagné d'un cri, cette fois-ci impossible à retenir. L'armure se transformait. Rétrécissait. Se refermait sur son corps. S'y ajustait. De façon parfaite. Jusqu'à devenir plus que moulante. Une seconde peau.

Lancement de la procédure protection.

Nawel renonça à la surprise pour basculer dans l'acceptation.

Fascinée.

L'armure venait de changer de structure. Oublié le tissu terne et flasque[1]. Devenue métal satiné, elle captait la lumière du soir, la polissait, la sublimait avant de l'offrir aux rêves de ceux qui la contemplaient, éblouis par sa renaissance.

Scan surfacé de l'hôte.

Lésion bénigne vaste externe gauche.

Intervention à 11 %.

Nawel sentit la chaleur de l'armure se focaliser[2] sur sa cuisse blessée. Devenir onde rayonnante tandis que la douleur s'estompait. Disparaissait. Totalement.

Scan profond de l'hôte.

Stress niveau 2. Acceptable.

Inflammation du larynx niveau 1. Acceptable.

Aucune intervention programmée.

Nawel observa son bras puis baissa les yeux. Si l'armure s'arrêtait au niveau de son poignet, elle avait recouvert ses pieds, les protégeant du froid et leur offrant de confortables semelles.

Mise en place achevée.

Contact.

Nawel écarquilla les yeux. Quelque chose se glissait dans son esprit. Doux et fort à la fois. Incroyablement proche.

Elle demeura immobile un long moment, tentant d'appréhender la réalité de ce qu'elle était en train de vivre, découvrant puis acceptant peu à peu cette nouvelle présence. Autour d'elle et en elle.

Prise de contact achevée.

Synergie positive à 100 %.

Pierre Bottero, *Les Âmes croisées* [2010], © Rageot poche, 2011.

1. **Flasque :** mou.
2. **Se focaliser :** se concentrer.

Vous aimerez aussi…

Livres

Chrétien de Troyes, *Érec et Énide*

Belin-Gallimard, « Classico », 2018

Un roman de chevalerie et d'aventure original, dans lequel le chevalier doit compter sur l'aide de son épouse pour retrouver sa légitimité.

Alain Surget, *Le Renard de Morlange*

Nathan, 2005

Un autre chevalier à l'épreuve de la métamorphose : le cruel comte de Morlange devient renard les nuits de pleine lune… Une légende de Lorraine à découvrir.

Matthieu Bonhomme et Gwen de Bonneval, *Messire Guillaume*

Dupuis, 2006

Suivez dans cette trilogie le jeune Guillaume, fils du comte de Saunhac, à la recherche de sa sœur Hélis dans les contrées lointaines, sous la protection du chevalier de Brabançon. Une quête initiatique dans un Moyen Âge rempli de surprises et de créatures merveilleuses.

Films

John Boorman, *Excalibur*

1981

Un classique sur la légende du roi Arthur et de ses chevaliers de la Table ronde.

Terry Gilliam et Terry Jones, *Monty Python : sacré Graal*

1975

La légende arthurienne comme vous ne l'avez jamais vue : dans une parodie burlesque, la troupe anglaise des Monty Python nous emmène dans un Moyen Âge décalé, où le chevalier devient un personnage loufoque.

Sites Internet

http://expositions.bnf.fr/arthur/index.htm

À cette adresse, vous pourrez découvrir une exposition qui propose de très belles images autour de la légende du roi Arthur et de la chevalerie.

https://fantasy.bnf.fr/

Rendez-vous à cette adresse pour mieux comprendre la reprise des codes de la chevalerie dans le genre de la fantasy et pour vous lancer dans un voyage interactif au royaume d'Ystald.

Dans la même collection

3 nouvelles engagées (anthologie)
3 nouvelles de science-fiction (anthologie)
4 histoires de sorcières (anthologie)
4 nouvelles de fantômes (anthologie)
4 nouvelles de vampires (anthologie)
30 poèmes pour célébrer le monde (anthologie)
30 poèmes pour dire l'amour (anthologie)
30 poèmes engagés (anthologie)
Ali Baba
Créations du monde (anthologie)
Le Chevalier dans tous ses états (anthologie)
Les Chevaliers du Roi Arthur
Loup, qui es-tu ? (anthologie)
Merlin l'Enchanteur
Sindbâd le marin, Histoire du pêcheur
Hans Christian Andersen, *La Petite Sirène*
Alexandrine Civard-Racinais, *Les Robinsons de l'île Tromelin*
Pierre Corneille, *Le Cid*
Marceline Desbordes-Valmore, *30 poèmes* (anthologie)
Jean-Claude Grumberg, *La plus précieuse des marchandises*
Homère, *L'Odyssée*
Sid Jacobson et Ernie Colón, *La Vie d'Anne Frank en bande dessinée*
Maurice Leblanc, *Le Collier de la reine*
Maurice Leblanc, *L'Évasion d'Arsène Lupin*
Mme Leprince de Beaumont, *La Belle et la Bête*
Jack London, *L'Appel de la forêt*
Marivaux, *L'Île des esclaves*
Guy de Maupassant, *La Parure et autres nouvelles sur les apparences*
Molière, *Le Bourgeois gentilhomme*
Molière, *Le Médecin malgré lui*
Molière, *Les Fourberies de Scapin*
George Orwell, *La Ferme des animaux en bande dessinée*
(Maxe L'Hermenier, Diego L. Parada et Thomas Labourot)
Mark Twain, *Les Aventures de Tom Sawyer*
Jules Verne, *Vingt Mille Lieues sous les mers*

L'auteur remercie Jean-Yves Tilliette pour son précieux regard, ainsi que Matthieu Lavallée et Laurent Nassif pour leurs remarques avisées.

Crédits iconographiques
Couverture : *Bisclavret*. Réalisation : Émilie Mercier. D'après « Le lai du Bisclavret » de Marie de France. Traduit par Françoise Morvan. © 2011 Folimage - La Boîte,... Productions ;
p. 5 : Photo Josse/Leemage ; **p. 6 :** Heritage Images/Fine Art Images/AKG-Images ; **p. 7 :** Coll. Magnard/AKG-Images ; **p. 8 :** (h) Photo Josse/Leemage ; (b) British Library/AKG-Images ; **p. 11 :** Given by Mrs Yda Richardson, 1913/Bridgeman Images ; **p. 12 :** Prisma/Album/AKG-Images ; **p. 17 :** The British Library Board/Leemage ; **p. 18 :** J.-P. Dumontier/La Collection ; **p. 21 :** © 2011 Folimage - La Boîte,... Productions ; **p. 23 :** © 2011, Nord-Ouest Films/Studio O/Studio Canal ; **p. 26 :** WhiteImages/Leemage ; **p. 31 :** Photo © RMN-Grand Palais (musée de Cluny - musée national du Moyen Âge)/M. Urtado ; **p. 34 :** The British Library Board/Leemage ; **p. 43 :** Given by Mrs Yda Richardson, 1913/Bridgeman Images ; **p. 46 :** BNF ; **p. 49 :** AKG-Images ; **p. 53 :** British Library Board. All Rights Reserved/Bridgeman Images ; **p. 61 :** E. Lessing/AKG-Images ; **p. 65 :** AKG-Images ; **p. 70 :** Imagno/La Collection ; **p. 74 :** Costa/Leemage ; **p. 78 :** The British Library Board/Leemage ; **p. 87 :** BNF ; **p. 89 :** The British Library Board/Leemage ; **p. 103 :** © 2011 Folimage - La Boîte,... Productions ; **p. 105 :** Photo © RMN-Grand Palais (musée du Louvre)/H. Lewandowski ; **p. 107 :** Prisma/Album/AKG-Images ; **p. 117 :** O. Kurbatova/Istock ; **p. 119 :** Peepo/Istock ; **p. 126 :** (h) © Belin/Gallimard ; (gm) © Editions Nathan ; (gb) Bonhomme, de Bonneval © Dupuis, 2020 ; (dh) Bridgeman Images ; (db) Bridgeman Images.

Création couverture : SAJE.
Maquette intérieure et direction artistique : Studio Graphique Humensis.
Mise en pages : Nord Compo.
Illustrations (p. 96 et 108-113) : Emmanuelle Pioli.
Iconographie : Geoffroy Mauzé.
Suivi éditorial : Mirna Bousser.

170 bis, boulevard du Montparnasse, 75680 Paris cedex 14

La pâte à papier utilisée pour la fabrication du papier de cet ouvrage provient de forêts certifiées et gérées durablement.

Imprimé en France par Estimprim
Dépôt légal : mai 2020 - N° d'édition : 03581048-06/août22
ISBN 979-10-358-1048-1